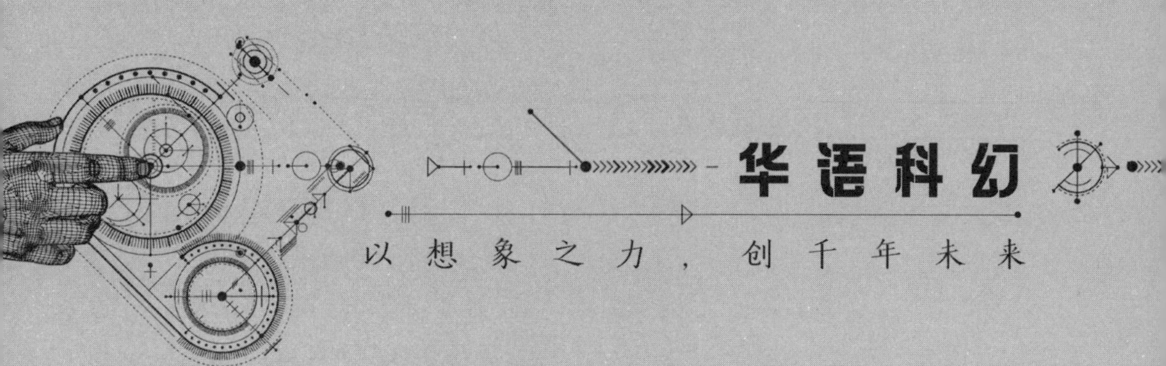
华语科幻
以想象之力，创千年未来

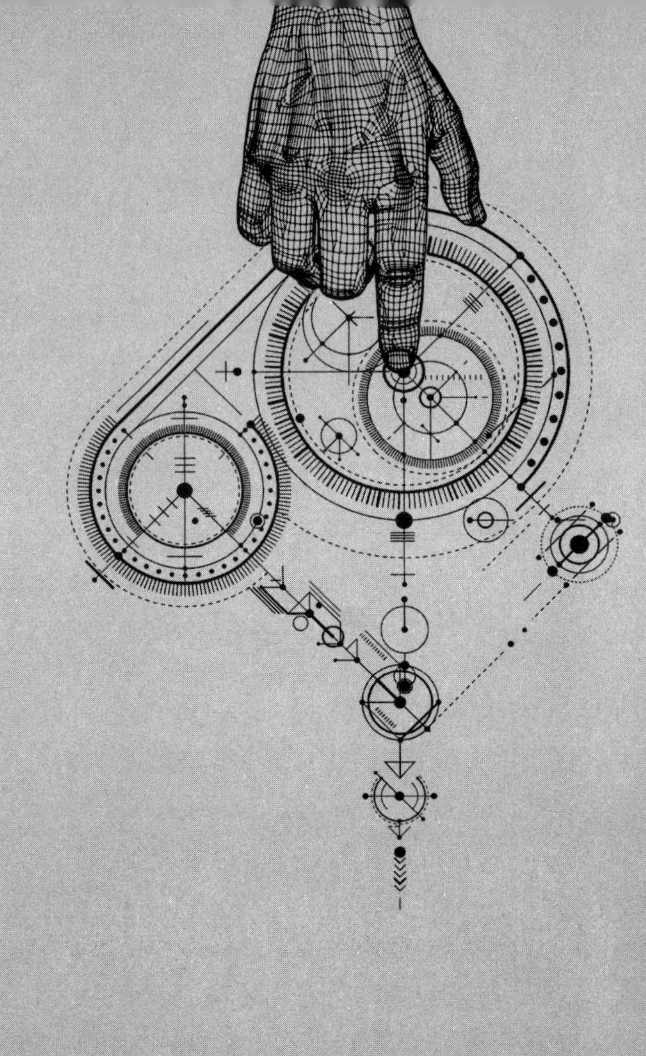

元宇少年科幻精品系列

人机大融合

超侠　陆杨　主编

科学普及出版社
·北　京·

图书在版编目（CIP）数据

元宇少年科幻精品系列．人机大融合 / 超侠，陆杨主编．-- 北京：科学普及出版社，2024. 12. --（百年科幻）. -- ISBN 978-7-110-10868-0

Ⅰ．I247.7

中国国家版本馆 CIP 数据核字第 2024DU2775 号

策划编辑 王卫英
责任编辑 王卫英
封面设计 书香文雅
内文设计 书香文雅
责任校对 邓雪梅
责任印制 徐　飞

出　　版 科学普及出版社
发　　行 中国科学技术出版社有限公司
地　　址 北京市海淀区中关村南大街 16 号
邮　　编 100081
发行电话 010-62173865
传　　真 010-62173081
网　　址 http://www.cspbooks.com.cn

开　　本 720mm × 1000mm　1/16
字　　数 512 千字
印　　张 40
版　　次 2024 年 12 月第 1 版
印　　次 2024 年 12 月第 1 次印刷
印　　刷 三河市荣展印务有限公司
书　　号 ISBN 978-7-110-10868-0 / I · 780
定　　价 120.00 元（全 4 册）

天才芯片　姜永育 / 001
狐狸的眼镜　王林柏 / 011
欢迎来到机器世界　刘芳芳 / 021
隐身衣　徐彦利 / 041
叛逆的机器人　徐东泽 / 051
耳朵店铺　左　右 / 063
拯救者九号　赵　华 / 075
疯狂生物钟　李晓虎 / 089
梦印机　彭绪洛 / 099
恳请封杀我　于国辉 / 107
雏　菊　赵　华 / 113
黑夜前的审判　何明瀚 / 125
利维坦之殇　超　侠 / 141

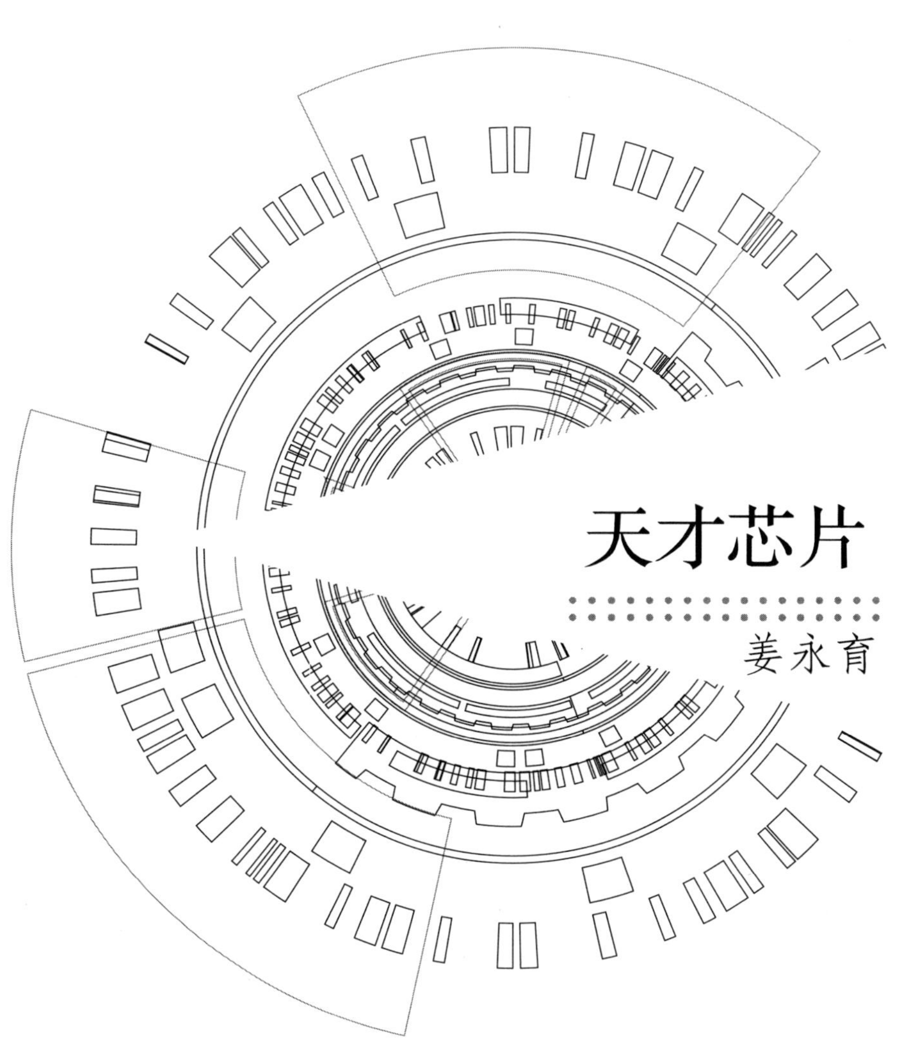

天才芯片

姜永育

一

“砰砰、砰砰”，天刚蒙蒙亮，李小萌的卧室房门便被敲得山响，同时老妈的大嗓门跟着传了进来：“小萌，赶快起床！”

“老妈，饶了我吧。”小萌困得睁不开眼睛，他求饶似的说，“今天是周末，你就让我多睡一会儿嘛。”

“马上就要期末考试了，你还睡！”老妈不依不饶，“人家隔壁的张莉莉，天没亮就起床复习功课了。”

“唉。”李小萌情不自禁地叹了一口气。张莉莉是他们班上的学习委员，一个学霸级别的存在。不幸的是，张莉莉和他家竟然是邻居，老妈经常拿他和张莉莉比较，这让李小萌苦恼不已。

在老妈的催促声中，李小萌又磨蹭了好一会儿，爬起来穿好衣服，打开房门，毫无意外地，他又受到了老妈的一通批评，其中还夹杂着老爸的几声叹息。

“唉。”李小萌也轻轻叹了一口气，对于老妈的聒噪，他早已经具备了免疫能力，但唯有老爸的叹息，让他感到痛悔和不安。

李小萌和老爸的关系非常铁，老爸从不教训他，也不打骂他。不过，对于李小萌学习不上进、成绩总是拖后腿的情况，老爸也很焦虑，并不时发出杀伤力极强的叹息。

“这次期末考试，我一定要考出好成绩！”和老爸一起吃早餐的时候，李小萌在心里暗暗下了决心。不过，吃完早餐，坐在书桌前开始复习功课时，他的决心又开始动摇了。

语文、数学、英语……李小萌像检阅士兵一般，把课本轮流翻了一遍，越翻心里越没底，老师讲过的知识点大部分没有记住，特别是那些需要背诵和记忆的内容，他读了好多遍，怎么也记不住。

“苍天啊，大地啊，这次考试怎么办？”他很快泄气了，书本一扔，一个大仰八叉扑倒在床上，脑海里一片空白。

“李小萌，不要急，让我来帮你。”这时，一个细微的声音忽然在房间内响起。

“谁在说话？”李小萌赶紧坐起来，转头向四周观望，然而什么都没有看到。

“嘿嘿，我在你书桌下面。”那个声音再次响起。紧接着，一个小矮人从书桌下面蹦跳着走了出来。

这是一个身高不足一米的小人儿，他身子胖乎乎的，圆脸上镶嵌着两只大眼睛，看上去特别像一只站着走路的猫咪。

“你……你是谁？”李小萌大惊失色，想冲出房间，可浑身软绵绵没有一点力气。他想大声向老爸老妈呼救，可喉咙里竟然发不出声音。

二

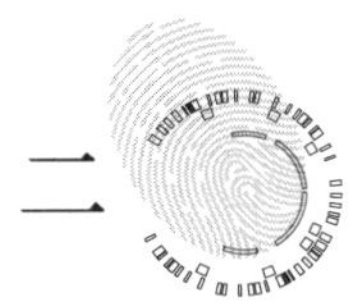

小矮人纵身一跃，轻轻跳到了书桌上，他转动着两只大眼睛，“嘿嘿”一笑说：“我来自X星，那里距地球很远很远。”

“X星？”李小萌一下瞪大了眼睛，“你是外星人？”

“准确地说，我是外星机器人。”小矮人眨巴着大眼睛说，“这次我和主人一起来到地球，是为了完成一项科学试验。”

“什么科学试验？”李小萌好奇地问道。

“最近，我们X星发明了一种神奇芯片，它被植入人的大脑后，不但可以帮助提高记忆能力，达到过目不忘的效果，而且还可以大幅提升各种思维能力。”小矮人说，“总之一句话，植入这种芯片，你瞬间就能变成天才。”

“真的吗？”李小萌有些动心了。如果能一下变成天才，那该是多么美好的事情呀！到时别说张莉莉，恐怕全班、全校都没人比得过他了。

“没错，如果我在你头脑中植入芯片，考试对你来说就是小菜一碟了。”小矮人从口袋中取出一枚亮晶晶的芯片说，“这次我来到地球，目的就是寻找地球少年作为试验对象——若试验成功，下一步我们就可以在X星推广，以帮助那些天生智力障碍的X星儿童。”

“原来是这样。”李小萌看着那个细小芯片，有些担忧地说，“芯片植入头脑，会不会对我的生命造成威胁呢？”

“放心吧，我们在许多动物身上做过试验了。”小矮人摆摆手说，“我保证不会对你的生命造成任何威胁，不过，可能会有一点小小的副作用。”

“什么副作用？”

“这个芯片植入头脑后，会定期把你的大脑信息发送给我们。”小矮人扬扬手臂说，“当它发射信号时，你可能会有轻微的头晕现象，不过这种头晕不会影响你的正常生活和学习。”

“那太好了！”李小萌高兴得差点跳起来，但很快，他又沉默下来，同时心里涌起一个疑问：为什么小矮人会选中他作为试验对象呢？

“我们之所以选中你，主要有两方面原因。”小矮人似乎知晓李小萌的心思，他摇摇脑袋说，“第一，你的智商在同龄人中偏低，和X星那些智力障碍的少年差不多，很适合作为试验对象；第二，刚才我用特殊电波搜寻试验对象时，正好和你大脑中发出的电波信号不期而遇，于是我就来到你房间里了。”

“噢，原来是这样。”李小萌恍然大悟，他再次看了看小矮人手中的芯片，有些顾忌地说，“那芯片植入头脑，会不会留下疤痕？”

“不会，一点疤痕都没有。”小矮人信誓旦旦地说，“芯片植入后，如果你愿意，我们会让它永远留在你头脑中，让你一生都是天才。”

“那太好了，赶紧给我植入吧！”李小萌迫不及待。

三

小矮人消失后，李小萌摸了摸自己的脑袋，刚才的一切就像梦境，让他有一种不真实的感觉。

脑袋上果然没有一点疤痕！当时小矮人就那么对着他的脑袋轻轻一晃，亮晶晶的芯片便不见了。与此同时，他觉得头脑一热，整个身心都有一种飘飘欲仙的感觉。

“我真的成为天才了吗？”李小萌半信半疑，他拿起语文课本，试探着翻开一篇课文，仅仅只扫了一眼，这篇他过去背了无数遍都记不住的课文便像复制粘贴一般，深深印在了他的脑海中。

天啊，真的过目不忘！压抑住内心的狂喜和激动，李小萌又打开数学练习册，找出了过去冥思苦想都无法解开的数学题。没想到，这些题在他的笔下迎刃而解，轻松得就像吃冰激凌一样。

“耶，我真的成了天才！”李小萌大喊一声，激动得快要晕过去了。

就在这时，房间的门被一下推开，老妈和老爸一起走了进来，他们像看怪物一般盯着李小萌。半晌，老妈走上前来，伸手摸了摸李小萌的额头：“小萌，你不会是发烧了吧？”

“老妈，你干吗？”李小萌挣脱开她的手说，“我真的成为天才了！”

“天才？你要真是天才就好了。”老妈冷笑一声说，“上次考试你排全班倒数第二，这次再不努力，倒数第一非你莫属！”

“是呀，好好复习吧。”老爸在一旁重重叹了口气说，“笨鸟先飞，你多努力一下，争取比上次成绩有所提升。”

“老爸老妈，我真的成为天才了。”李小萌轻轻笑了一下，他很快镇静下来，把外星机器人在他头脑中植入芯片的事一五一十讲了出来。

“天啊，这是真的吗？”老妈瞪大眼睛说，“这世界上真有外星人？”

老爸也很惊讶，他摇摇头说：“一直以来，地球上有不少人声称见过外星人，但是大多数专家认为，人类发现外星人的机会很小，即使偶尔发现有外星人存在，也很难与他们发生接触。”

“可是老爸，我今天真的遇到了外星人——不，他只是一个外星机器人。”李小萌说，“他在我头脑里植入芯片后，现在背书和做作业对我来说太简单了。”

接下来，李小萌展示了背书和做数学题的绝技，老爸老妈一下惊呆了。但很快，他们脸上的表情便变成了激动、喜悦和兴奋。

“天才，咱家出天才了！”老妈紧紧拥抱着李小萌，她泣不成声地说，“这下谁也不会瞧不起咱们了……”

四

一周之后，期末考试如期而至，李小萌每科考试都是第一个交卷。但谁也没有想到，试卷批阅出来，他的每科都是满分，而他的成绩排名，也从期中的全班倒数第二名，一跃成为全年级第一名。

这种翻天覆地的巨大进步，迅速在全校引起了轰动，老师表扬，同学羡慕，李小萌有史以来享受到了万众瞩目的优等生待遇。

老妈老爸也终于扬眉吐气，面对上门来“取经”的家长，老妈的大嗓门格外响亮：“哪有什么经验呀？我们家小萌不过记忆力好一点、反应灵敏一点而已，说实话，他一点都不专心，哈哈哈哈……”

一番谦虚之后，老妈老爸还会当场让李小萌展示“记忆力”和“反应力”，很快，大家都知道了一个无可辩驳的事实：李家出了一个不折不扣的天才！当然，所有人都不知道，李小萌的天才来自外星人植入的芯片。

期末考试后，学校很快放假了，老妈和老爸经过商量，决定让李小萌去电视台参加一档名为“超强大脑”的节目。

“超强大脑，这个节目是干啥的呀？”李小萌过去很少看电视，压根不知道这个节目。

“这是一档大型科学竞技真人秀节目，就是主持人现场出各种考题让嘉宾比赛，最后胜出者被称为‘超强大脑’。”老爸解释说，“如果你能坚持到最后一期节目，那可就出名了。”

“咱家小萌是天才，肯定能打败所有人。”老妈握起拳头，信心爆棚。

“可是……”李小萌不太想参加，他想趁假期和同学们一起玩耍。

“可是什么呀，你要是出了名，我们全家都能跟着沾光。”老妈打断他的话说，“你不要贪玩了，我赶紧把名给你报上。”

“对，出了名，什么都有了。”一向淡定的老爸也不淡定了，他语重心长地说，“你现在既然是天才，就要把天才展示出来，让全世界的人都知道。”

“好吧。”李小萌无可奈何地点了点头。

几天后，老爸老妈带着李小萌来到电视台，参加了“超强大脑”节

目。不出所料，李小萌一路披荆斩棘，高歌猛进，战胜了所有对手，成功夺得了“超强大脑”的名号。

五

“超强大脑”令李小萌一下声名鹊起。紧接着，老妈和老爸趁热打铁，又给李小萌报了一个“诗词大比拼”的电视节目。

“诗词大比拼”也是时下很火的一档节目，参加者除了成年人，还有来自全国各地的青少年，他们博闻强记，记忆力超人，对古代和现代的诗词背得滚瓜烂熟。不过，与李小萌相比，他们就是小巫见大巫了。

凭借一目十行的快速阅读本领，李小萌仅仅用了三天时间，便把老爸老妈能找到的所有诗词书看了一遍。之后，这些诗词便像复制粘贴一般，成了他大脑的一部分。

站上电视节目录制棚，李小萌大放异彩，那些诗词信手拈来，滔滔不绝，令所有的对手都感觉压力很大。最终，他站上了最高台阶，摘得了“诗词大比拼”桂冠。

短短一个多月时间，连续摘得两个电视节目大赛冠军，李小萌一下成了家喻户晓的小明星。

俗话说“人怕出名猪怕壮”，自打出名后，邀请他参加节目的电视台越来越多，而一些庆典活动也发来了邀请函。老妈老爸来者不拒，他们时常带着李小萌参加活动，虚荣心和自豪感获得了前所未有的满足。

“儿子真有出息，真给咱们长脸。”老爸不再叹气了，整天喜气洋洋。

“是啊，过去我总是觉得张莉莉忒聪明，现在看来，咱们家小萌甩她几百条街。”老妈的脸笑成了一朵菊花。

“话不能这么说。”李小萌觉得老爸老妈的话有些刺耳，他摇摇头说，“人家张莉莉是天生聪明，而我这个天才是外星人制造出来的。”

“外星人制造的又咋样？”老妈振振有词，“只要咱们一家三口保守秘密，谁知道你的头脑中有芯片？”

“是呀，不管现在还是将来，你都是天才。”老爸附和着说。

李小萌默然无语，他想反驳老爸老妈，可又不知如何说起。

六

成为明星后，李小萌的生活完全变了一个样，当初一起玩耍的小伙伴和他疏远了，自己喜欢的打弹子、踢足球也被放弃了。现在的他，在享受到了天才带来的荣耀和光环后，内心慢慢滋生出一种难以言说的孤独和寂寞。

整个暑假，老妈老爸都带着李小萌跑来跑去，一会儿上电视台录制节目，一会儿参加大型庆典活动，一会儿接受记者采访……老妈老爸乐此不疲，李小萌却苦不堪言，他感觉自己正慢慢变成一个机器人。

“老爸老妈，你们不要接活动了，我不想上电视，也不想参加活动。”李小萌抗议。

“这怎么行？”老妈断然拒绝，“你现在是天才明星，那么多的电视台和单位邀请，怎么能拒绝呢？”

“是呀，你参加了这一家，拒绝另一家，人家会说你耍大牌。”老爸也不同意。

李小萌再次沉默了。这天从活动现场回家后，他在小区看到了张莉莉，本想上前去打个招呼，但张莉莉却偏过脸，视而不见地从他身边走了过去。

小区的人们却十分热情，不停对着他指指点点："看，天才回来了！"

李小萌赶紧逃回了家中，关上卧室房门，大仰八叉躺在床上。他忽然想起了那个外星机器人，想起了一个多月前，他在自己头脑里植入芯片的情景。

"李小萌，你是不是后悔成为天才了？"这时，窗外传来一阵细微的声音，紧接着，一个如猫咪般的小矮人从窗口飘了进来。

"是呀，这种生活我已经受够了。"李小萌从床上坐起来说，"求求你，把芯片从我头脑中取走吧！"

"你为什么不想当天才？"小矮人问道。

"这个天才说白了，只是满足了老妈老爸的虚荣心，对我的成长并没有多大好处。"李小萌说，"我想做回普通人，通过自己的努力，获得自己想要的东西。"

"好，正好我们的试验已经结束了！"小矮人点了点头，他伸出胖手在李小萌头上一晃，那枚亮晶晶的芯片重新回到了他手中。

"小萌，再见！"小矮人挥了挥手，眨眼之间，他的身影便从窗口消失了。

"再见！"李小萌也挥了挥手，他走到窗口望了望，确认小矮人不再回来后，才慢慢回到了书桌前。

"从现在开始，我不再是天才，不再万人瞩目，但我今后取得的每一点成绩、每一滴进步，都是我李小萌努力奋斗得来的。"他看着镜子里的自己，握了握拳头说，"李小萌，加油！"

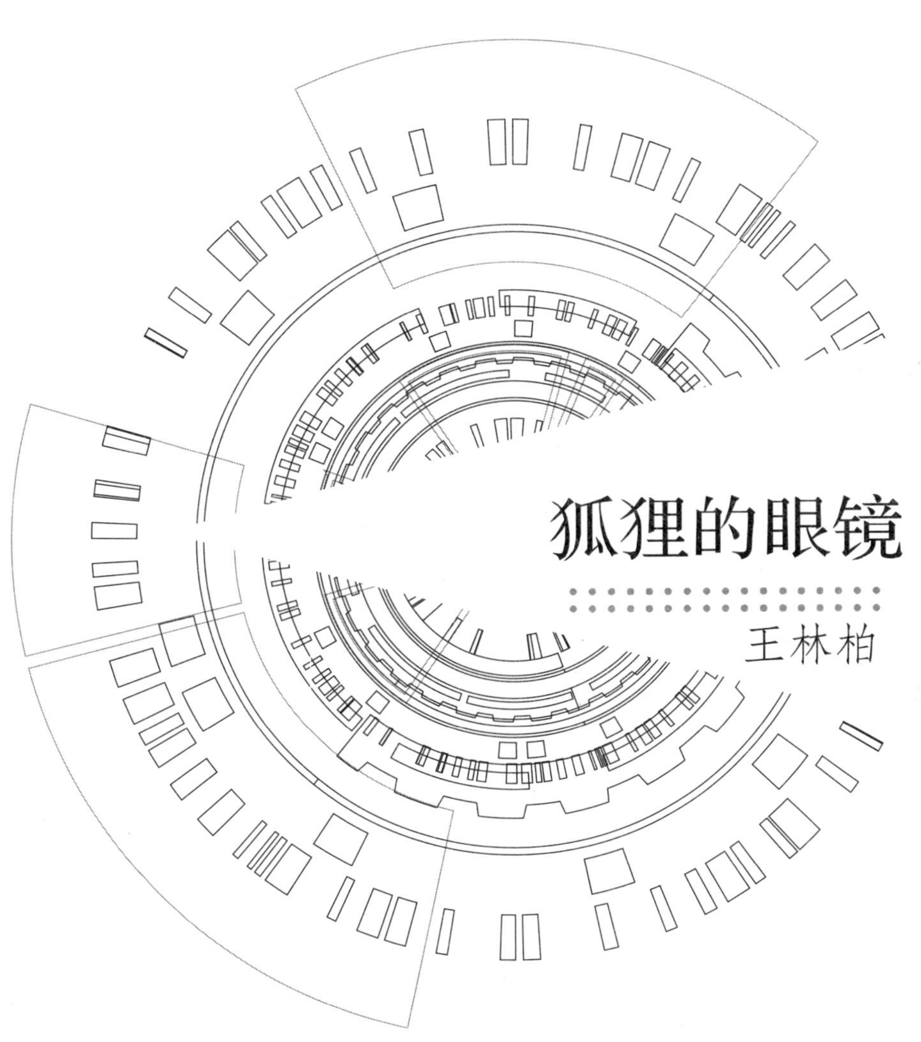

狐狸的眼镜

王林柏

一个深秋的夜晚，月光清澈明亮，乐平吃过晚饭，和往常一样出门散步。

不知不觉，他拐上了一条偏僻的小路。

那是一条几乎荒废的绿道，荒草丛生，树木随意生长，枯叶漫不经心地飘落，这里一片，那里一片。

沙沙，沙沙……

乐平踩在落叶上，发出细微的声音。

多么熟悉的景象啊！

什么时候见过呢？

这一刻，乐平有些恍惚，仿佛又回到那座小山村，沿着羊肠小径，走向那座红砖瓦的小房子。

“打场场，筛箩箩，磨麦麦，蒸馍馍，蒸了馍馍给谁吃？乐平张嘴笑呵呵……”

一首熟悉的童谣，在他脑海中萦绕，一遍又一遍。

乐平走得热起来，嘴里呼哧呼哧喘着气，他停下脚步，松了一扣衣领。

一阵风突然吹过，头顶树叶发出哗啦哗啦的声音，一束明亮的光似乎从月亮上投射下来，落在前方，四周的景物像蒙上了一层白纱，变得朦胧微茫。

“咦？”

乐平惊异地叫出声，前方拐角处，乳白的灯光从一间房子里透出来，洒在地面上，皎洁如月色。

“那家商店居然又开门了？它恐怕有3年，不，4年没开门了吧。”

乐平心里想着，好奇劲儿上来，脚步不由自主地快起来。

几年前，受一部偶像电视剧的影响，很多年轻的情侣周末背着大包小包来这里徒步。精明的商人打起小算盘，盖了家超市做起了生意。不过后来电视剧播完了，徒步的热情像放进了冰柜一样迅速降温，店铺也关了张。

乐平来到近前，一个大大的招牌挂在门上，写着“物随人愿杂货店”几个字。

“真是一个不伦不类的名字。”乐平心想，他把脸贴近玻璃往里瞧，“到底是卖什么的呢？”

“这位叔叔，请进去看看吧。”

一个声音乍然在耳边响起，乐平被吓了一跳。

说话的人是个十二三岁的男孩，留着短发，穿着校服，笑着解释：“我是这家店的代店长——也就是帮忙看店的。”

乐平摆摆手，天很晚了，他可不想在一家莫名其妙的店里浪费工夫。

“我只是闲逛，没什么要买的东西。”

“那真是太巧了！这家店可不像其他店，卖那些正儿八经的东西。”男孩脸上挂着笑容，说话时露出尖尖的虎牙，“这里面全是一些奇特有趣的东西。您进去转转，我敢打包票，准能大开眼界。”

乐平被说动了，抬脚向商店里走。

“等一等，”男孩说，双手递过来一副眼镜，“请戴上这个吧。”

乐平奇怪地看着他：“我不近视。”

“嗯。”男孩赔着笑，依然保持着递东西的姿势。

“也不老花。”

“是。”

“那我为什么要戴这玩意儿？”

“叔叔，你去看3D电影时，是不是需要戴上眼镜？”

“那是为了看到更加逼真的效果。”

“没错，为了更好的效果，所以请戴上吧。”那孩子的笑容更加灿烂，把眼镜又递了递。

乐平对代店长的话不以为然，不过还是接过眼镜，架在鼻梁上。

走进商店，乐平屏着呼吸，做好大吃一惊的准备。

不过他马上失望了。

他眼前看到的，没有五花八门，没有绚丽多彩，也没有琳琅满目。偌大的房子，只堆放了一些杂乱的旧货，乐平甚至看到几十年前的黑白电视和破自行车。

乐平的眉头皱起来，心里嘀咕：“这可让我开不了什么眼界。”

“别急，”男孩似乎听到了乐平的心声，跟在乐平身后说，“我敢打包票，一定有您喜欢的东西。”

乐平双手抄进口袋，漫无目的地溜达，心里打定主意随便转一圈后马上离开。

一本书突然吸引了乐平的注意，看封面，那居然是一本30年前的语文课本。

“你可真了不起，居然能找到这么老的东西！”乐平拿起书说，

"这课本早就不再使用了吧。"

"可不像您说得这么简单，再仔细瞧瞧。"

语文课本上画着一把简陋的宝剑，旁边写着歪歪扭扭的名字：乐平。

"这……这是我的书？！"乐平吃了一惊。

那孩子笑得更加开心，尖尖的牙齿闪闪发光。

乐平把课本翻得呼啦呼啦作响，里面有他的笔记，以及画的坦克和飞机。

他顺手把旁边一把木头手枪拿了起来。

"这手枪也是我的！当初奶奶花了两天时间才刻成，手都被割破了。"

乐平一件件翻看，越看越惊奇。

"你从哪儿找到的这些东西？"

"失落之城，世界上所有曾经宝贵的东西最后都会流落到那里。"

乐平瞄了男孩代店长一眼，满脸都写着"不相信"三个字。

"失落之城？你在讲童话吗？"

男孩笑了笑，没有回答。

"不过这可都是好东西呀。"乐平摆弄着一盏煤油灯问，"怎么卖？"

"您想要哪些？"

"这个，这个，还有这个，"乐平选的东西塞满了一个编织袋，"这些我都要。"

"叔叔，这些东西是我辛辛苦苦从失落之城好不容易才找到的，所以价钱嘛……"

"好啦，好啦，"乐平打断了男孩的话，他摸出钱包，把里面所有的钱都掏了出来，“我只带了这些。”

“可是，失落之城……辛辛苦苦……”孩子皱着眉，嘬着牙花子说。

“你想想看，这些东西除了我，还会有其他人买吗？”

孩子歪着头想了想，回答：“这话说得倒也有道理——”

“况且，这些钱已经不少了。就这么说定了！”

乐平说着，背着口袋出了杂货店。

孩子追了出去：“叔叔，眼镜……”

“对不起，我太兴奋了，差点忘了。”乐平抱歉地笑笑，摘下眼镜，还给了男孩。

“欢迎您下次光临。”男孩微笑着说。

乐平的心激动地扑通扑通直跳，他几乎一路小跑回了家，刚进家门就大声叫妻子和儿子。

“你们快过来，瞧瞧我买什么好东西了。”

妻子和儿子凑了过来，好奇地看着编织袋。

“这是我的成绩单，门门都是100分。”乐平从袋子里摸出一张纸递给儿子。

儿子看着那东西，怔怔发愣：“爸，你小时候姓李，叫佳琪？还是个女孩？”

“胡说什么呢。”乐平拿过成绩单，并不是门门100分，而且上面写着“李佳琪”的名字。

“这是怎么回事？”乐平有点迷糊，“给你瞧瞧我的木头手枪，奶奶亲手给我刻的。”

乐平从袋子里掏出来一把劣质塑料手枪。

乐平睁大了眼睛，他把整个口袋倒过来，破本子、破铅笔，各种各样的破玩具……乱七八糟的东西散落了一桌子。

“这……这和我刚才看到的完全不一样！”乐平结结巴巴地说。

妻子和儿子看着他吃惊的样子，忍不住笑起来。

“刚才你还说，这些破烂儿是你花钱买的？”妻子打趣道，“买废品可能都没人要。”

乐平坐在沙发上生闷气，回想刚刚发生的一切。突然，他脑子里闪过小时候奶奶讲过的故事。

“在山里面呀，住着很多狐狸。”奶奶坐在炕头，一边纳着鞋底一边说。

“它们害人吗？”小乐平依偎在奶奶身边问。

“不害人，不过有时候它们会用障眼法，捉弄那些路过的行人……”

“啊？你说狐狸？”妻子马上想到了《狐狸的窗户》那篇童话故事，劝说道，“我看还是算了吧，你以后也别再去那里散步了。”

可是，乐平还是很生气，翻来覆去很久也没睡着。

“不行，就算是狐狸，我明天也一定去找找他的麻烦！”

第二天晚上，乐平匆匆扒了两口晚饭，提起口袋，气鼓鼓地出了门。

远远地，那家商店亮着光。“代店长还在。”乐平也不知道是松了一口气，还是更加紧张。他换了提口袋的手，继续前行。

他的脚步突然放慢，商店里传来了吵闹声！

走到近前，两个人正从商店里走出来，男孩耷拉着脑袋走在前面，一个胖胖的中年人跟在后面。

“嘿，你这个骗子，跟我去找警察。”乐平伸手想拉扯男孩的衣袖。

男孩吓了一跳，拼命往后缩，刺溜一下躲到了中年人身后。

中年人伸手拦着乐平：“有话好好说，好好说，别动手。”

想起昨晚的事，乐平气鼓鼓地把编织袋丢在地上，袋口打开，露出里面乱七八糟的东西。

“他骗了我的钱，把这些破烂儿当宝贝卖给了我。”

中年人皱着眉，扭头看了看男孩：“钱呢？快还给人家。”

男孩哭丧着脸回答：“我用来买游戏装备，花没了……”

中年人狠狠瞪了他一眼：“等回家以后，看我怎么收拾你！”

乐平一脸狐疑地看着他们，中年人赔着笑脸，拉了拉乐平，两人走到稍远的地方。

“不瞒您说，他是我外甥，就喜欢打游戏，所有的零花钱都花在了上面……您看，钱已经花掉了，我今天也没带钱包，您给我一个地址，回头我给您送去，怎么样？”中年人搓着双手说。

“我不要钱了，”乐平突然说，“把那副眼镜给我就行。”

“眼镜？”

“对，那是狐狸的眼镜吧？你们都是……”

中年人笑了：“我们可不是狐狸。”

“那眼镜……”

“那是我最新研究的一个产品，目前还处于实验阶段，收集人的脑电波，然后呈现出图像，以后可以应用在医疗、教育等方面……没想到，被我这个小外甥偷偷拿出来骗人……”

“原来是这样呀……”乐平突然感觉有些失落。

“他还是个孩子，我回去一定好好教育他，咱们也别麻烦警察叔叔了……”

乐平突然想到了什么。

“如果可以，那副眼镜请给我吧，我保证不传出去。”乐平用恳求的语气说。

“那副眼镜目前很不稳定，用几次就会失效。”

“哪怕只能再用一次也好。”

中年人犹豫片刻，从口袋里掏出眼镜，递给了乐平。

乐平站在路边和中年人以及男孩道别。

“以后别再骗人了，打游戏也要有节制啊。”乐平说。

男孩皱巴着小脸，嗯了一声。

乐平继续散步，这次他走得很慢，花了很长时间才回到家，妻子儿子已经睡着了。

他没有开灯，安静地坐在黑暗中，带上了眼镜。

“刺啦——”是火柴划过的声音，他点燃了一根蜡烛，一盏煤油灯同时也被点燃。

一张布满皱纹、慈祥的脸被照亮，她带着笑容，关切地望着乐平。

温暖柔和的声音在乐平耳边响起：

“蜡烛是乐平念书时用的，奶奶做针线活用煤油灯就够了。”

“荷包蛋是奖励乐平考了100分，奶奶可不喜欢吃荷包蛋。”

“乐平快看，是贴着机器人画的笔！奶奶去集市用鸡蛋换的，乐平已经念叨很久了，班上的同学都有了……”

“我的乐平最聪明了，长大一定有出息。到了那时候呀，乐平就‘叭叭呜’开着小汽车，来村子接奶奶，奶奶去给乐平看孩子……”

可是，自从乐平跟着爸妈进城读高中，就再也没有回去过。

“乐平，这是奶奶托熟人给你捎来的咸鸭蛋……”

“乐平，这是奶奶给你纳的鞋垫，从现在能穿到你娶媳妇……”

“奶奶，我想你了……”乐平喃喃地说，声音呜咽。

“傻孩子。”奶奶爱怜地看着他，伸出粗糙温暖的手，抚摸他的头，一如30年前。乐平记得很清楚，在冬天，那双手常常又红又肿，裂着口子。

“奶奶，你的手还疼吗？”

“奶奶手不疼，也不辛苦，奶奶有乐平，奶奶心里高兴着哩……”

乐平静静地坐在黑暗中，眼镜渐渐蒙上了一层雾气。

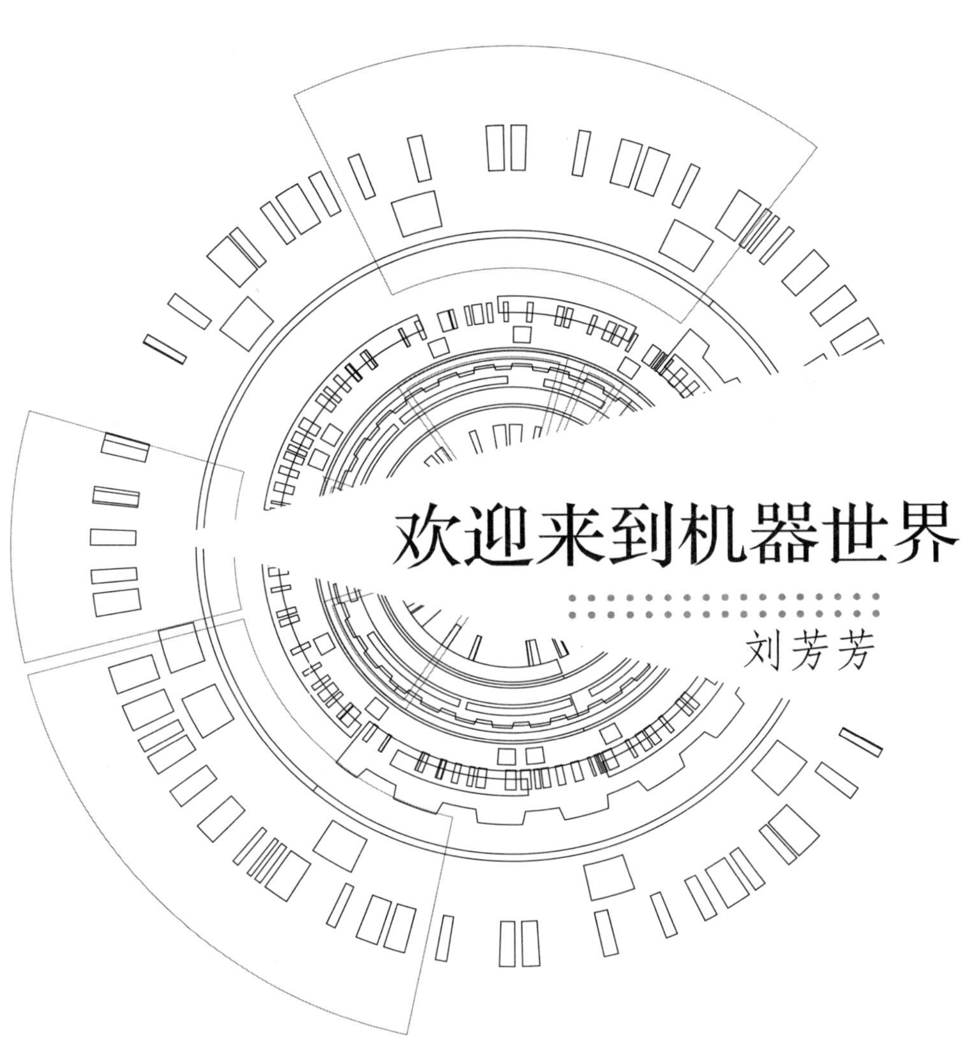

欢迎来到机器世界

刘芳芳

一

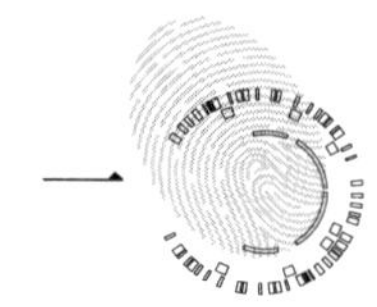

我站在50层的楼顶，举目四望，天空是从鳞次栉比的建筑里升起的，昏昏黄黄的越来越高，把远处的道路也映亮了一些，使街道的门面、牌匾变得像人的脸那样暗黄。还有横在那里的陆地和空中轿车，那些智能机器制造厂，那些寥落的树木和人造湖，那些从城市上空飘浮向更高处的雾霾，它们都昏黄了。

爸爸天没亮就出门工作了，他要到很晚才回家。去年，我们才搬到这个号称世界最发达的城市。爸爸说，他要努力工作，挣到好多钱，为我买一颗电子心脏，这样我才能活得更久。

我下楼时，妈妈正在院子里给一棵快要死掉的树浇水，有两个女人走过来，一个和妈妈差不多年纪，另一个和我一般大。

妈妈说："海伦又长高了些。"

那个叫海伦的女孩看了看我，她妈妈也看了看我，说："你儿子太瘦弱了，他需要吃点强壮丸。"

我妈妈说："他讨厌吃那个。"

那女人就压低声音说："得赶快给他修理下身体，不然……"

她话没有说完，妈妈就看了看我，一脸担忧。

"和他爸长得真像。"那女人又说了一句。

然后她们并排着走了过去，海伦走路时，身体似乎有些僵硬。

妈妈继续照顾那棵小树，她的身子在灰色的天气里发暗。

我问："妈妈，你还要干多久？"

妈妈说："快啦。"

我说："有一件事，我想问问你。"

妈妈直起身子，看着我说："说吧。"

"我必须装电子器官吗？"

妈妈说："你听到海伦妈妈的话了吧？卡亚，我和你爸爸之所以来到B城，就是要给你换颗电子心脏。它能让你健康起来，没那么可怕，卡亚。"

"我不想给自己身体装上那种东西。"

"别孩子气。你知道多少人来到这个城市，想把自己有问题的器官都换成电子器官……"

"如果每一个器官都出了问题，都换上电子器官，那和机器人又有什么区别？"我问。

"谁也阻挡不了时代的前进……"妈妈叹了口气，她的两鬓已经有了一缕又一缕的白发，看上去苍老了许多。

爸爸在一家电子器官制造厂上班，晚上回来时，他还带回来两个与他一起工作的人。他们听说妈妈厨艺很好，很想尝一尝久违的饭菜，他们吃各种饭丸吃得太久了，都要忘记真正的饭菜是什么味道。

当妈妈忙碌完，大家坐到桌前时，我看见对面的伯伯眼睛有些奇怪。他叫大力，他说：

"我以前是盲人，我现在的眼睛是人工眼睛。它是利用摄像机将图片传到嵌入的计算机中，经处理后自动产生电子波，刺激到我的大脑，然后帮助我看见东西。"

另一个人叫哈龙，他嘿嘿地笑起来，说："不但要换眼睛，换心脏，以后还要换电子脑，真是个什么都能修理的世界。"

大力接过去说："为这个奇妙的时代干杯！"

哈龙说："干杯！"

大家举起手中的杯子，杯子里是红色的、绿色的、黄色的酒丸，他们碰完杯子，就举杯仰头倒进嘴里，我还能看清圆圆的东西从他们的喉咙里滚落下去。

二

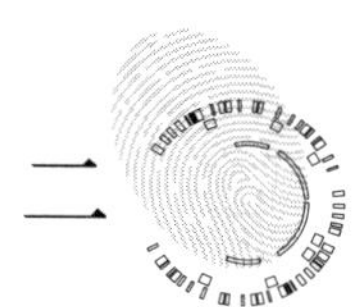

这个城市没有学校，所有的孩子都在家里对着虚拟屏幕学习，屏幕里的老师有板有眼地讲着，他讲一会就会停下来，然后从屏幕探出头来，让你回答他的问题。如果你回答错误，他就会说：请按重复键，继续听讲。我不喜欢这样上课，我怀念起我来这里之前的家，那里不发达，但大家都在学校里上课，即使学校的学生越来越少。

上完一门课，妈妈就推门进来说："我们走吧。"

我们穿上外套，走出门，走向城内。

我们走过一座银色的桥，桥下是一条人造河，河流向前延伸，病病恹恹的草零落地努力生长出来。我沿着河坡一直走过去，走到河边站住，对妈妈说："这里有鱼呢！"

妈妈放下手中的袋子，眯着眼瞅了一会，喊了一声："真正的鱼，还是电子鱼？"

我将手往河里一探，捞到一条鱼，放眼前一看，是电子鱼。

我将冰凉的电子鱼放进发灰的河里，爬上坡，和妈妈再次走在路上。听着妈妈的咳嗽声，我说："妈妈，你的肺坏掉了，你需要换上电子肺。"

妈妈说："要花很多钱，可是我们没有那么多钱，得病的人和换电子器官的人一样多。只要能给你换上，我会很高兴。"

我们一路说着，最后来到一座大楼前。妈妈拉着我的手说："不要怕，我们只是来看看。"

妈妈把我带进楼，她对这儿也不大熟悉，边走边问："电子器官区在哪儿？"有个机器人对她说："请跟我来。"

我们跟着机器人引导员来到一片区域，虽然只是初秋，我却浑身发冷。电子器官区，摆放着很多仿照人身体器官制造的电子器官，冰冷而怪诞。一些机器人柜员在向顾客们介绍各个器官的型号和它们与人身体的融合度。

有个穿着银色外罩的人走向我们，他指着妈妈说："你是李克的妻子，我吃过你做的饭，很好吃。"

妈妈说："你是哈龙，你怎么在这儿？"

哈龙说："我今天临时调到这里。你要买电子器官吗？"说着，他看了看我，"真是个神奇的时代，是要给卡亚看吗？"

妈妈低下头去，然后又抬起头问："我想了解下心脏的型号，哪个更适合卡亚。"

哈龙嘿嘿笑了，挥了下手，说："跟我来。"

他带我们来到一排电子心脏前，介绍起了各型号的妙处，直到妈妈问他，哪个更适合我，他才意犹未尽地指着一个鲜红的心脏说："这个适合他这般大的小孩。"

妈妈问哈龙得多少钱，哈龙笑着说："李克需要工作很多年，才能赚到买它的钱。"

妈妈听了，沉默了好一会儿，然后向哈龙告别。我们离开时，哈龙在后面说："得赶紧给孩子换上呀……"

出了电子器官楼，我们来到一家饭店。饭店很小，我们坐在靠窗的桌子前，窗外的小轿车有的在街上跑着，有的在天空飞着，路口的红绿灯不停地变幻闪烁。

妈妈对机器人店员说："两颗面丸，两颗水丸。"

不一会儿，我们的桌上就多了两个小碟，里面放着我们叫的东西。妈妈拿起一颗面丸给我说："吃了吧，吃了就有力气。"我接过放进嘴里，有着面条的味道，却没有吃面条的滋味，我嚼了几下，就咽进了肚子。我们吃完面丸，又吃了水丸，为身体补充了水分。

我们又进了几家销售电子器官的大楼，价格都高得惊人。我对妈妈说，我不想要电子心脏，只要我自己的心脏，我宁愿吃药打针。妈妈却忧愁着脸说："药越来越难买了，现在人们器官一有问题，就都会去买电子器官，让电子医师给换上。我们也只能这样。"

我不再说什么，我怕我的话会使妈妈更加难过。

三

到B城的人越来越多，每天我走上街道的时候，就会看到很多人往各个销售电子器官的大楼而去。

电子器官的价格不停地往上涨。爸爸晚上回来，他对妈妈说："我要是早积攒够钱，电子心脏还有可能买到，可是现在……"

爸爸的话没有说完，但我能听得懂他没有说完的话：爸爸想给我买电子心脏的希望，在一点点被捻灭。

睡觉前，我对爸爸说："爸爸，我们回以前的家吧？我想那里的学校，那里的河，那里的田野，还有那里的饭菜。”

爸爸说：“等给你换了电子心脏，我们就回家。”他停顿了下，又说：“你要是想家，现在就把耳朵竖起来，我说给你听。你想听什么，我都说给你。好了，你想听什么。”

我咂了下嘴，轻声说：“我想吃鱼。”

“那我去买条鱼，给你做。”爸爸说，“你想吃红烧的还是清蒸的？红烧的话，会有些辣，清蒸的话，口味会淡一些。”

我说：“红烧的，我要吃红烧的。”

爸爸说：“我先把鱼鳞刮了，把它洗干净，用盐和料酒腌一会，再往油锅里放些小辣椒和花椒，把鱼放进去炸一会儿，再放上水，用文火稍微炖一会儿，水快干时，就捞出来……”

爸爸大概听到了我吞口水的声音，他说：“好了，你拿起筷子，夹一块吃……”

我开始想象着自己拿起筷子夹红烧鱼吃，吃了一块又一块，直到鱼成了一块骨架。我对爸爸说我吃得很过瘾，比起吃各种菜丸、饭丸，那才叫真正的吃。

爸爸说：“你还在想学校是吗？现在教室里坐着你和你的同学，你的闫老师正在领你们读课文，她每读完一段，就会给你们讲解一番。第四组第三排的小乐正在看窗外的小鸟，闫老师向他扔了一支粉笔头……”

我对爸爸说：“你说错了，小乐坐在第一组的第四排，他听讲很认真。你说的是小致，他上课最喜欢走神。”

爸爸说：“你还想到河边走一走，河水还算清，鱼有点儿少，不过比电子鱼有趣多了。嗯，还有周围的田野，庄稼不多，但打出的粮食还够我们吃。只是后来，生病的人越来越多，越来越多……”

爸爸说着就慢下了语调，他的头耷拉在脖子上，发出轻微的呼吸声，他睡着了。我望了望妈妈，她一直靠在门边，像一棵没有遇到风的树那样安静。

爸爸仍然努力地工作着，早出晚归。而我，越来越觉得胸闷气短，妈妈的咳嗽也越来越重。

那天，当我从50层的楼顶下到院子，出了大门后，我看见爸爸低着头站在一棵树下。他站了一会儿，然后将头靠向树身，他紧握着拳头，肩膀一抖一抖，好像在哭。我从来没有看到过这样的爸爸，他努力压抑着从喉咙里钻出来的声音，抽泣得越来越猛烈。在这个即将暗淡的黄昏，我什么声音都听不到了，汽车跑来跑去的声音没有了，制造厂的轰轰声没有了，树叶抖动的声音没有了，我的呼吸声没有了，只有爸爸不能自抑的哭声响着，在这昏黄的空气里飘着。

爸爸抽泣了一会，伸手擦了擦眼睛，他转身的时候，看到了我。

他说："你什么时候站在这里的？"

我说："我刚走到这儿，就看到了你。"

爸爸说："回家吧。"

爸爸牵着我的手，一起往前走，他的手潮潮的，像他的眼窝一样潮湿。我听着我们走路的声音，觉得呼吸越来越急促。

爸爸停住了脚步，在我身前蹲下来，说："爬到我背上来。"

我爬到爸爸的背上，他背着我往前走，先是走进了大门，然后走过了妈妈一直养护的那棵小树，接着进了楼道，上了电梯，按响了家里的门铃。

妈妈打开门，看到我们，她小心翼翼地问爸爸："今天怎么这么早回家？"

我感觉爸爸的身体直了直，然后说："今天不加班。"

四

爸爸失业了，大量的机器人代替了真正的人。随着大量的专业机器人投入市场，失业的人们越来越多。

人们走向大街，抵制机器人制造厂，抵制机器人侵入人类生活。爸爸也加入其中，虽然妈妈努力阻止他不要去。

这一天，爸爸回来对妈妈说："所有的人都到大街上去了，街上全是大字报。人们见到机器人就砸，一些机器制造厂都停工了。看来，人们真的要收复作为人类的主权啦……"

然而爸爸没高兴多久，人们就被制造机器人、生产电子器官的先进者们瓦解了。除了机器人工作，他们还允许招一些身体装有电子器官的人去工作。我们家，没有一个人装那冰冷的玩意，因为我们没钱，我们需要换掉的器官又太贵。

爸爸每天在外面找工作，找了好久，也没有哪个地方要他。爸爸说话的时候越来越少，妈妈也不再像以前那样大声咳嗽，她总是拿着一块儿布，捂着自己的嘴巴，直到把自己的身子咳弯成一只虾米。

胸骨后的压迫感越来越强烈，让我常常喘不过气来，到后来，我连抬一下胳膊的力量都要没有了。与此同时，胸口也越来越痛。有一次醒来，我发现爸爸的脸对着我，嘴巴急切地一动一动。好一会儿，我才意识到他在叫我的名字："卡亚！卡亚！"妈妈将一粒药快速塞进我的舌下，顿时，一股熟悉的味道在我嘴里蔓延开来，是硝酸甘油的味儿，我的救命药。

那天晚上，我迷迷糊糊地听到爸爸说："没什么好怕的，再往下也没什么了。不能再拖下去了，我找过他们了，只要合适，就可以做了。你放心，不会有事儿的，你瞧，我身体这么强壮。只要你们好好的，我就真的什么都不怕了……"

妈妈好像流了眼泪，她吸了下鼻子，咳嗽了一声，说："真的只能这样了吗？会不会……"

爸爸突然提高了声音，他语速很快地说："不能再耽搁了，不能再拖下去了，再拖下去……"爸爸突然停住了，不再说什么。

几天后，我们搬家了，搬到了一个更为偏僻的地方，因为我们交不起房租。在这个偏僻的地方，住的大多是和我们一样贫穷的人，很少见到机器人的影子，这里还有一些不很葱郁的树和灰色的河。

搬完家的第二天，爸爸出门了，他这一出去，我好长时间没再见到他。白天的时候，妈妈总是坐在窗前，一边咳嗽，一边看着外面的那条巷子。那些巷子的墙上张贴着一些宣传电子器官的广告，当风吹过，它们就摇动着。有时候会有几个人站在那里，叽叽喳喳地讨论着。

"妈妈，爸爸什么时候回来？"我问妈妈。

妈妈说："快了，快回来了。"她咳嗽了一声，继续望着窗外。

我们等了很久、很久，直到一天，哈龙突然出现了。那时我和妈妈坐在凳子上，正一起望着窗外。

妈妈将门打开，哈龙就撞了进来。他结结巴巴地说："李克出事了……"

哈龙带来的消息，抽走了妈妈一身的力气。她脸色发白，身子晃了晃，扶着桌子咳嗽了好久，哆嗦得一句完整的话也说不出来。

哈龙说："电子心脏和电子肺在人体修理医院，决定好要换的时间，你们就上那里去。"哈龙说完这句话，就匆匆走了。

五

我想起爸爸给我讲的一个故事，讲的是兔子爸爸为了保护自己的家人，和机器人勇敢搏斗，最后被机器人伤得奄奄一息，差点死掉。我当时听得两眼发直，眼泪汪汪。现在，我宁愿爸爸从来没有给我讲过这个故事，我想起这个故事的时候，比当初听的时候还要悲伤。

我的爸爸，为了能给我换上电子心脏，去向电子器官研究中心出售他的大脑，以来做进一步的电子大脑实验。他撒谎对妈妈说，只是卖他的肾脏，谁知他却做了一个这样让妈妈和我无法接受的决定。电子器官研究中心答应给我换上一颗电子心脏，然后再给爸爸换一个电子脑。后来爸爸又提出一个条件，要求给妈妈换上一个适合的电子肺，对方最终答应了。

爸爸将自己的大脑用去做实验，虽然这个时代发达得匪夷所思，但电子大脑却不如其他电子器官研发得那么成功。同以往的实验那样，失败多于成功，经过各种研究实验，爸爸的大脑成了实验中心的废品。而装上电子大脑的爸爸，再也没有起来。他躺在实验中心，像是个植物人。

妈妈那天晚上一直咳嗽不息，和她一样，我一夜无眠。在朝阳还没升起的第二天清晨，妈妈左手提着一个旅行袋，右手牵着我，静静地一直走，一直走，直到出租屋被我们抛在身后。

回到B城，妈妈去租了一间最廉价的旅馆。在旅馆窗外光线的照射下，我清晰地看到妈妈遭受病痛和岁月摧残的脸，脸上的皱纹已经清晰可见，她那丧失了激情的目光看向不干净的床时，就像灰暗的尘土向空中飘浮而去。那个曾经带着幼小的我在田野放风筝的妈妈，给我的记忆蒙上了一层厚厚的尘土。

就在那样一个对于别人而言的平常下午，妈妈对我说："你好好待着，饭丸在盒子里，饿了就吃。药在你的衣兜里，感觉不舒服就赶快含一粒。好好照顾自己，我去接你爸爸……"她说最后一个字的时候，喉咙有些哽咽，但她撩了撩有些发白的头发，恢复了以往的冷静。

于是我乖乖地坐在凳子上，遵照妈妈的意愿。听着妈妈出门的声音，我突然害怕地感到妈妈可能回不来了。

我稀里糊涂地打着盹，稀里糊涂地又睁开眼，当发现自己还在B城时，我才想起妈妈还没回来。我爬起来，给自己裹上更厚一点的衣裳，打开门，往爸爸曾经工作的地方走去。

在黑漆漆的夜里，我因为自己的心脏而不敢奔跑，我一直朝前走，朝前走，幻想着会看到妈妈、爸爸，他们都平安无事，然后他们牵着我的手，对我说：卡亚，回家。可当我走到那座大楼时，我才意识到，爸爸不在这儿，哈龙说过，爸爸在电子器官研究中心。

我不知道电子器官研究中心在哪，我只好坚定地站在爸爸曾经工作的大楼，等待有人出现，然后告诉我那个地方在哪里。太阳还没有升起时，门就从里面打开了。我忧伤地看着那个开门的机器人，对它说："你知道电子器官研究中心在哪里吗？"那个机器人瓮声瓮气地说："沿着这条路，一直向西走，走到尽头，有座最高的楼，就是了。"

我按照机器人所说的，沿着那条向西的路，一直走，一直走。当太阳升到天空正中，我才走到那座看起来很有气势的大楼。

大门里走出一些人，又走进一些人，我问他们我爸爸在哪里，我妈妈在哪里，他们都匆匆走过，有的说不认识，有的摆摆手。我想要进去一个地方一个地方找，机器人保安却挡住我，不让我进。我眼泪夺眶而出，向它喊叫："我只是想找我爸爸妈妈！"可是它没有回应我。我只好说："我可是个有心脏病的小孩。"我以为这一招，它会让我进去，可是它仍板着一副电子脸，不理睬我。

我因为伤心而放声痛哭，看它不为所动的样子，我只好转过身，用手臂擦着眼泪朝一边走。我哭着走了一会儿，又发现自己有一句话没有对它说，于是我又回到大门前，对像铁疙瘩一样的机器人说："等我长大后，我一定要消灭你们。"

六

整整三天，我每天都会去电子器官研究中心，每天都会一身灰尘、一无所获地回来。当我最后一次去那里时，我打定了一个主意，我对那个机器人说："你能不能帮我传下话，就说我要和我爸爸妈妈住一起。"我指着自己身上的包，"我把东西都搬来了。"

机器人不让我进，我只好把包放在门角，坐在上面。我歪着脖子，低着头，哭得身体一抖一抖的。不知过了多久，我听到有人叫我的名字："卡亚，卡亚……"我抬头一看，妈妈从不远处跑来，她边晃手边叫喊。她扑过来抱住我说："你上哪里去了？我快要吓死了，我找了好久好久……你为什么不好好待在旅馆？"她说着，一下子哭出了声，于是我也跟着哭了起来。

我问妈妈，她有没有见到爸爸，她点了点头。我对她说，我们现在就带爸爸回家。她还没有回答我，哈龙就和一个陌生的男人突然出现在我们面前。哈龙问妈妈考虑好了没，说考虑好了就赶快决定，电子医师没多少时间等待我们。我问妈妈："他为什么要这么说？"妈妈却对我说："走吧。"我尖声叫起来："我要找爸爸！"

妈妈没有回答，我看到眼泪涌出了她的眼眶，沿着两侧的脸颊唰唰地流，流到脖子里，钻进衣领。她用手背去擦，眼泪就在手背上往下流。她的脸上充满了悲伤，泪水在她脸上织成了一张网，我无声地跟着她哭。

可怜的妈妈，我不能再让她难过，我不再说话，不再叫喊。我们跟着他们离开研究中心，走进另一边的人体修理医院，走到其中一间的门口时，他们停了下来。哈龙说："卡亚，你跟着这位叔叔到这里，我带你妈妈去另一个修理室。"妈妈蹲下身子，用她冰冷的手捧着我的脸，流着泪轻声说："卡亚，我们要活下去。别怕。"

我擦着眼泪望着妈妈有些踉跄地跟着哈龙朝另一个方向走去。我知道，等我们再见时，我们就成了装有电子器官的人。

我浑身哆嗦地进门，浑身哆嗦地贴着墙根而立，站在那儿等待的电子医师说："别害怕，用不了多久，你就能蹦蹦跳跳。"

我颤抖地说："说不定我会死掉。"

"不要胡说，我可给上千个人做过这样的身体修理。"医师瞪着眼睛说。

正如妈妈所说，时代发展得太快，快得我像做了一场梦。他们用麻药麻木了我的整个身体，即使我想努力清醒，也阻挡不了突袭而来的睡意。我热乎乎的心脏被他们摘除了，他们在我身上来回折腾，就像是在修复某辆汽车或者什么机器。当我醒过来时，感觉胸口沉甸甸的，就像爸爸的旧电脑里挂上了一块黑色的硬盘，冰冷而沉重。

我在那间病房里住了一天又一天，一动不动，整个身体像是瘫在了床上。很多天后，等我能下床时，我发现我的背再也不能像小杨树那样挺拔，而是不由自主地弯着，这样行走才能感觉到舒服。

妈妈比我恢复得快一些，当我还在床上昏睡的时候，她就已经坐在我的床边，握着我的手，一动不动。他们给她换上了电子肺，她不再像以前那样剧烈地咳嗽，只是走起路来，很慢，很小心。

当再一次睁开眼时，我忽然发现，妈妈在迅速地消瘦下去。她瘦得肩膀都尖起来了，原本合身的衣服看上去显得空空荡荡，好像衣服里面没有身体。她不停地对我说，又好像在对她自己说："去接你爸爸。"

七

几天后，妈妈牵着我的手慢慢地走出人体修复医院，往研究中心走去。我们哆嗦着身体走在昏黄的阳光里，我看到几个孩子在路边声音响亮地说着，喊着，笑着。我们走过时，他们都扭过头来看，互相之间轻声说："看到了吗？他们成了半个机器人，是不是？"他们笑了一阵后，就唱着歌儿离开了。

我们慢慢地走，一步一步。妈妈在离开旅馆的那一天就找到了爸爸，她和研究中心不断交涉，要求带爸爸回家。经过多次交涉后，他们同意了妈妈的要求。毕竟，爸爸对于他们的研究来说已无多大作用。当她想要带爸爸回家时，哈龙找到她，对她说："你和卡亚必须换上电子器官，这是李克用自己的身体为代价换来的，他让我对你说，和卡亚好好活着。"

我不知道妈妈是如何痛苦而又不得不做出那一决定的，让她能够坚持下去的，大概就是爸爸的那句——带着卡亚好好活着。

见到爸爸时，七岁的我踉跄得差点跌倒在地。我那曾经身体健壮的爸爸静静地躺在一张床上，不说话，也不动，他的眼珠停驻在眼睛中间，直直地向空中凝视，无论我如何流泪和呼唤，他的眼睛、他的身体、他全部的神经，都不再回应他用生命保护的儿子。

我无法抑制自己的悲伤，我宁肯自己死去，也不愿爸爸变成这般模样。

一个医师走进来，他从爸爸的身体里抽了一管血，又往爸爸的脑袋注射进一些东西。我问他："我爸爸还能醒过来吗？"他说："有可能，但概率很小。"我听了就大哭起来："求你救救他，求求你了。"他看了看我，叹了口气说："手续办完了，就带你爸爸回家吧。"说完这句，他就走了。

我在哭泣的时候，妈妈像是扛了很重的东西似的，两条腿迈出去的时候都在哆嗦。她一点一点走到爸爸的跟前，俯下身子，抚摸着爸爸的脸，不说话，也不再流泪。她看上去，像是破败得马上要倒掉的稻草人。直到夜晚来临，我才停止了抽泣，不再发出一点儿声音，直到黑暗将我们渐渐淹没。

第二天清晨，医师拿来一张银卡，对妈妈说，这是电子器官研究中心补偿给我们的一笔钱。妈妈拿着那张银卡，愣愣地看了好一会儿，然后大概有些累，就在凳子上坐了下来。坐了一会儿，她看了看卡，然后放进口袋。当她起身时，泪水又一次流出了眼眶。

那天，清晨的一场雨让一切变得湿漉漉的。我们推着躺在轻架车上的爸爸，走出研究中心的大门，走向喧闹的街道，走向人流与车流。我们的旁边走过一个机器人，接着又走过一个机器人，接着走过更多的机器人。

我们推着爸爸就这样走过了很多机器人，走过了很多和我们一样装着电子器官的半机器人，走过了有很多人的电子器官大楼，走过了一条街，又一条街……直到走到那座银色的桥。我们遇到了两个女人，一大一小，小的是那个叫海伦的女孩。

她妈妈一路哭哭啼啼："天杀的制造商，我女儿的身体对电子器官出现了排异。这要怎么办？可怜的孩子！"她的眼睛完全不看我们，甚至周围的一切都没在她眼里，她的眼睛只缠绕着海伦。她不停地说，不停地哭，牵着一脸痛苦的女儿向城里而去……

八

我对自己最热切的童年记忆，是我和爸爸在田野奔跑，过去的阳光是那样灿烂，照耀着我强壮的爸爸，他黑色的头发随着往昔的风扬起，响亮的笑声飘进了空气。每个夜晚，对于我和爸爸从前的生活，我总要在脑海里咀嚼一遍又一遍。

然而某个夜晚，就在我一脸笑意即将进入睡眠时，眼前忽然出现了一扇门。门缓缓打开，我看到一个男人坐在床头，睁着惊惶的眼睛，诧异地望着四周，沙哑的声音在寂静无比的黑夜里突然响起，使得我的电子心脏颤抖不已。他就那样呜呜叫着，张开双臂，拍打着胸口，蹬着双腿，好像在检查自己的身体是否完好。我担忧又欣喜地期待着他能呼唤出我的名字，却迟迟没有听到。紧随而来的是另一个画面，潮湿的下雨天，哈龙和一位老人走来，他们和妈妈讨论着什么，后来开始运用各种仪器对毫无动静的爸爸进行治疗……在很长的一段时间里，这些画面总是不断交叉地出现在我的梦里，令我时而高兴时而沮丧。

一个清澈透明的上午，同往日一样，我开始给院里的向日葵浇水，浇完一棵，又去浇第二棵，第三棵。那个让我熟悉又陌生的男人，坐在院子的椅子上，任凭阳光温和地涂抹在他那张我看了千百万遍的脸上。

“戴上。”妈妈说，她把一顶银色治疗帽戴在了那个男人头上。

四年前，伤心欲绝的妈妈毅然带着我和爸爸留在B城。她说，只有在这儿，爸爸才会有清醒的希望。还好，当初电子器官研究中心补偿给我们的那笔钱，让我们得以在B城最偏僻的郊区过上简陋又安静的生活。

后来妈妈找到了哈龙，再后来，哈龙就带着一位有些年纪的电子医师，一次又一次地上门给爸爸治疗。在这几年里，妈妈不断地和失望搏斗，随着时间的悄然流逝，她安静得如同一棵老树，只管重复着每一天照顾爸爸的日子。

在我八岁的时候，我就立志尽快成为一名电子医师，将我爸爸治好。就在我怀着这份心愿钻研在学习上时，在一个明媚的清晨，我听到了来自妈妈激动无比的叫喊声。我冲进房间，看到半靠在床头的爸爸，从进门时起就一直注视着我。

当我和妈妈惊喜万分，原以为爸爸从此获得了拯救时，他却疑惑着双眼，沙哑着声音，吐出几个让我们瞬间跌入冰窖的字：“你们，是谁？”

他既是我爸爸，又不是我爸爸——我爸爸大脑里的脑芯片，储存的是另一个男人的记忆。这突如其来的打击，犹如洪水滚滚而来，将我和妈妈的希望吞没。这个男人轻飘飘得如同一片树叶，就这样无声无息地飘入了我们家。

当夜晚来临，我开始拒绝入睡，我固执地站在门口，防止占用我爸爸身体的人逃走。这样的守卫令我疲惫不堪。当次日清晨醒来时，我总是发现自己躺在床上，一边是那个令我伤心又困惑的男人。

有一次，我鼓着勇气对他说："这是我爸爸的身体，你不能带走他。"

这个占用着我爸爸身体的人，盯着我的眼睛，用我爸爸的声音说："我还没想好要怎么办。"

妈妈种的向日葵长势很好，它们金灿灿的脑袋不停地追逐着阳光。我正伤心地给它们浇水，妈妈走过来，摸摸我的头，又摸摸我的脸，叹息了一声，说："卡亚，活着比什么都重要，无论是谁。"

老树一般的妈妈，对苦难已经有了很强的免疫力，新一轮的打击没有撞毁她。如同以往，她安静地照料着这个用着我爸爸身体的人。

这个男人说话的时候不多，他说得最长的一次，是向妈妈解释他是谁，与其说告诉我们他是谁，更不如说他是在唤醒自己的过去。

他是位电子科技博士，名叫盛伦，大半生都在疯狂地研究如何运用高科技让人们活得更久。大概把狂热都投入了事业，他的家庭关系却陷入了困境。他的妻子在和叛逆期儿子的一次争吵中，发生意外而离世。痛苦的儿子怀着对父亲的憎恨和对母亲的愧疚，逃离他方，再也没有回来。

他的遭遇令我难过不已，原来同情也能超越恩怨。年少的我无法猜测这个男人是怀着怎样的心境度过他后来的日子。他说，在他40岁那年，终于研制出了脑芯片。为了纪念那一时刻，科研所同意将他的脑记忆输入脑芯片……这个科学狂人的记忆就是从这里断掉的，至于后来的一切，他无从得知。

很多次，我都会看着这个男人在院子里缓慢地走来走去，或者望着天空发呆。我的脚步声总能惊动他，他望着我的眼神，是那样温和，有好多次“爸爸”这个字眼从我的喉咙里滑出，让我难以自禁地流泪。

和这个男人接触得越多，我就越清楚地知道，除了我爸爸的身体还在，其他我熟知的他的东西已从这具身体上渐渐消失，尤其是我爸爸原有的气息。我敢肯定，每天不多言语的妈妈，应当比我更清楚这一点。

年老的电子医师最后一次给我爸爸的身体做完检查时，他心满意足地说：“你爸爸的身体和脑芯片融合得很好，这简直就是一个奇迹。”电子医师说完这句话的第三天，占用我爸爸身体的男人就下定了决心离开我们。

这个飘进我和妈妈之间的男人，挺直着属于我爸爸的身体，背着阳光，满含感激地向我们深深鞠了一躬，然后在这个阳光灿烂的早晨，毫不犹豫地走进了光辉里。

门外，我和妈妈犹如一大一小的两棵向日葵，身体朝着阳光的方向，寂静而立，直到一股凉爽的风吹过，我们才开始摇曳身子。

“我能问你一个问题吗，妈妈？”我说。

“问吧，卡亚。”

“他，还会回来吗？”

妈妈抚摸着我的头，停顿了好一会儿，才轻声说：“我不知道，卡亚。”

“我只是希望他能好好保护我爸爸的身体，还有……希望他能找回他的孩子。”

这就是我们在B城的最后一年，也是我们即将面对未来生活时的内心想法。无论未来如何，我们都需要勇敢地向前迈步。

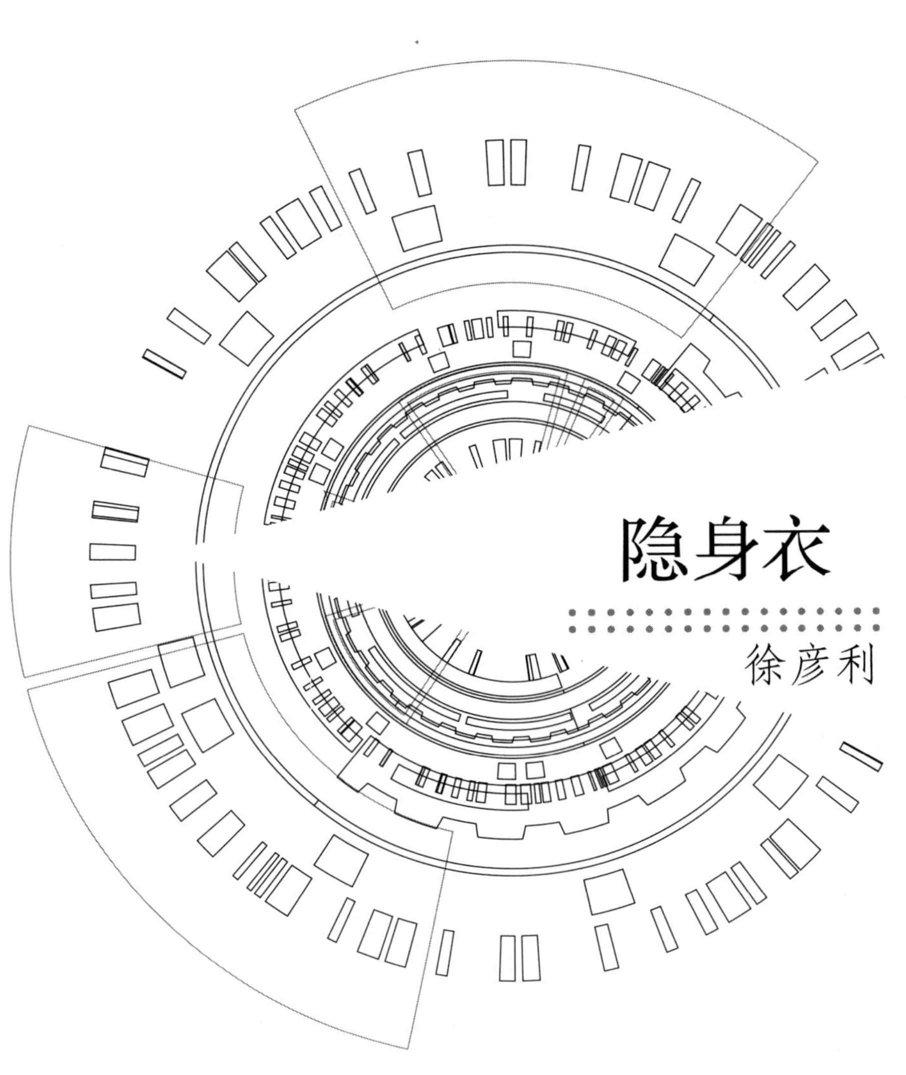

隐身衣

徐彦利

一

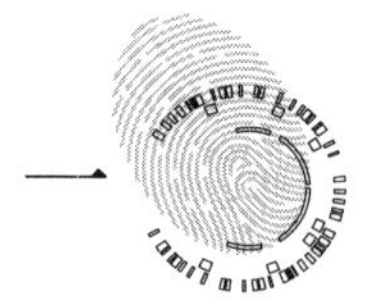

菲利普老先生临终之际已说不出一个字，但头脑却保持着最后的清醒，这或许要归功于几十年来孜孜不倦的科学研究，思维总处于高速运转的状态吧！他挣扎着交给家人一份早已拟好的遗嘱。这份遗嘱里详细罗列着他的个人财产说明和具体分配方案，这是一位科学家能够给予家人的最后一份关爱。在给孙子甘的遗产中，除了存款、住宅和各种明细的遗物，还多了一行小小的备注和一把形状古怪的钥匙，备注上写着：“留给甘的特殊礼物，请到乡间别墅去取，希望对你的人生有益。”

特殊礼物？是什么呢？这让多日来无比伤心的甘有些纳闷。他是爷爷最疼爱的孙子，虽然在学校成绩落后，又因为身材矮小总被人欺负，但只要到了爷爷这里，总能得到无比的疼爱。爷爷是他的偶像，他希望长大后也能做这样的科学家，从事那些神秘莫测但又无比高深的科学研究，让爷爷引以为荣。

甘怀着好奇的心情来到多年弃置不用的乡下别墅，当年爷爷的身体还算结实，自己也还是个无忧无虑的孩子，几乎每个休息日都会来这里小住。别墅四周种满了苹果树，是家族的孩子们捉迷藏的最佳地点。秋天园子里果实累累，可以用来酿造醇香的苹果酒或者烤苹果馅饼，爷爷还会亲自榨了新鲜的果汁冰冻后给他喝……但现在甘已经是中学生了，那种没心没肺日夜玩耍的日子一去不复返了。别墅这里除了留下一个看门人，差不多已成了荒宅。爷爷为什么要把礼物放在这儿呢？让人有点想不通。

“你好，我来取爷爷留给我的东西。”甘向佝偻着腰的干瘦看门人打着招呼，他看上去和这个别墅一样老，同样有一种被弃置的感觉。

“是的，菲利普先生把它放在二楼您的房间里。我有好几年没见过您了，想不到您现在长这么高了，差点儿认不出来……”看门人似乎受够了寂寞，好不容易看到了甘，变得喋喋不休起来，一直不停地说着一些无关紧要的话。甘没有过多的回答，散落在记忆深处的童年已逐渐褪色，变得遥远而模糊。他甚至怀疑自己是否真的在这儿住过，曾经的过去显得那么不真实，那么不可把握。

小时候的房间依然保持着原来的样子，因为有人打扫并不显得脏乱，但是却掩饰不住陈旧的气息。“少爷，菲利普先生去世前特意让人送来一件东西放在柜子里，好像很重要，还上了锁，说只有您来了才能打开。”

“嗯，我知道了，你去忙吧！”甘支走了啰唆的看门人，长久的寂寞使这个弯腰驼背的老人很想找点新鲜事情刺激一下麻木的神经，但是甘却冷冷地要他离开，于是他颇不甘心地慢吞吞地走下楼去，再三回头，甘一直耐心地等到他彻底离开才打开柜子。

柜子的最上面放着一个令人瞩目的古香古色的棕色旧式木箱，顶部有繁复的镂空雕饰，貌似是爷爷用过的古董。箱子正前方挂着一把复古的旧式大锁，死死捍卫着里面的秘密。爷爷在这里放了什么？甘的好奇越来越强烈，打开之后会不会有什么活物突然蹿出来吧？

他用了很大力才打开了那把难开的大锁，最先映入眼帘的是箱子最上面一张银色的花笺，是熟悉的爷爷的笔体，甘取过花笺看了起来。

“亲爱的甘，还记得你小时候在苹果林里捉迷藏时对我说过的话

吗？你说特别希望能有一件隐身衣，穿着它捉迷藏的话就不会被发现了。事隔20多年，我终于实现了你的梦想，只是不知道现在的你是否还愿意穿上它在苹果林里奔跑。

“世界上从没有什么神奇的‘隐身术’，但是人类却可以根据色彩学、光学、热能原理达到对视力的‘暂时性阻断’，使眼球暂停扫描某种颜色，即让人在某段时间内失去辨别某种颜色的能力，也可以叫‘假性闪盲’，从而实现‘隐身’。这说起来有点复杂，但大体上有点儿像你无法在黑夜中看到黑、无法在水中看到水一样。

“因为研究的时间尚短，且没有经过长期测试，所以我不敢肯定它的实际效果到底如何，有可能是一个存在着缺陷的发明。但是亲爱的孩子，如果它能让你回忆起苹果林里奔跑的笑声，对我来说就足够了。祝你永远快乐！爱你的爷爷。××年×月×日。”

甘的心激动地跳了一下，全身的肌肉都绷紧了。他马上想到这是一份多么昂贵的遗产，那意味着他几乎可以在大庭广众下做任何自己想要做的事，而不会被人发觉。比如上课时偷偷溜出教室，当着大家的面搞个恶作剧之类的。但究竟效果如何，需现在就试一试！他心里充满好奇的期待，小心地拿起隐身衣，如同触摸一个刚刚降生的婴儿。

甘费了好大劲才笨手笨脚地穿上了隐身衣，衣服异常柔软、轻薄，包住头部的帽子和上身、下身浑然天成地连在一起，看不出剪裁的痕迹；眼部是两小块可以看到外面的软性玻璃。衣服的颜色类似于银色，不，说银色并不确切。它看上去更像水，水一样的颜色、水一样的触感，软软的，放在地上似乎会流动。穿上之后，随着体温传到衣服上，慢慢地，神奇的事情发生了！眼睛竟慢慢看不到衣服的颜色了，举起胳膊看不到胳膊，抬抬腿也看不到腿，走到镜子前，竟然看不到自己的任何一个部位，空若无物，这种感觉既奇妙又让人恐惧。

甘走下楼来，试探性地走过看门人的小屋，对方正在百无聊赖地向楼上张望，等待着他下来，对他的经过却浑然不觉。天啊，真的是可以隐身的隐身衣，这也太奇妙了吧！甘的心里像被风吹满的帆，舞动飞扬，充满生机。他忽然感觉自己有了全新的面对这个世界的方式，不再唯唯诺诺别别扭扭，而是畅意随性游刃有余。

二

第二天，甘悄悄把隐身衣装进书包带到了学校，他要在众目睽睽下再次验证这件衣服的魔力。一种好奇夹杂着令人快乐的冲动充溢在他的心中，甘有些迫不及待了。好不容易等到午休，他到洗手间换上衣服，然后轻手轻脚回到教室的座位上，轻得像一缕吹不起尘埃的风。没有人察觉他走进来，前座的乌拉尔和埃迪眼睁睁看着前方却对他熟视无睹，正在小心嘀咕着什么。

“唉，埃迪，过两周就要期末考试了，这次真想考个及格，每次不及格都要被妈妈痛骂一顿。”乌拉尔的声音十分沮丧，他的妈妈是这所学校的老师，儿子成绩差是她心里最大的痛，也正是这种痛激发出的强大能量使她训教儿子时从不心软。

“要是我们能提前把试卷偷出来就好了，就是不知道试卷会放在哪儿？老师们的办公室吗？”埃迪叹了口气，表示出无可奈何的样子，学习不是他的强项，但偷试卷这种事恐怕难度太大了，不是他们两个能够胜任的。

“你真笨！试卷从来不会放在办公室，都是提前几周放到三楼的试

卷库里，你连这都不知道，试卷库的门必须输密码才能进，可惜我妈妈肯定不会告诉我。”乌拉尔烦躁地抓了抓头皮，别说告诉自己密码，如果妈妈知道自己有这种想法肯定会大发雷霆，狂吼一气，像一头炸起毛的狮子。

甘明白了，原来期末考试的试卷就放在三楼，不单是乌拉尔和埃迪有这想法，自己也经常名落孙山，如果这次期末考试成绩名列前茅该有多好啊！虽然爷爷是知名科学家，但自己的成绩却总是让他老人家蒙羞。如果我能把试卷偷出来，提前看下题目一定能考第一名，扭转一下自己在同学们心目中的笨蛋形象。对啊，我有隐身衣做掩护！还怕什么？说做就做！他不由自主地激动起来，摩拳擦掌跃跃欲试，这次是扭转形象的关键时刻，成绩好的话会成为他人生新的起点，从此以后一定脚踏实地努力学习，把爷爷作为人生的榜样。他要先借助隐身衣帮自己实现眼前这个小目标，之后再凭借它的力量行侠仗义，扶危济困，像传说中的英雄那样，干一番轰轰烈烈的事业，也许名字还能载入史册呢！

三

甘紧张地来到三楼的试卷库，虽然知道隐身衣的效果，但心里还是怦怦乱跳。第一次明目张胆地做这种事，无论如何也无法保持平静的心情。他强迫自己冷静下来，只这一次，只做这一次坏事，以后保证不再将隐身衣用在这类事情上，这次是事出有因，为了要给爷爷争气嘛，是可以原谅的。他在内心深处暗暗给自己打气，不断自我质疑又自我原谅着。

一位女老师抱着高高的一摞试卷走了过来，试卷实在太多了，以至于每走一步都很费力，好不容易才挪到门口，喘了半天气开始按门上的密码。甘屏气凝神，暗暗记下她按的每一个数字。此时此刻他的大脑极为灵光，平时总是记不住那些漫天飞舞的数学公式和语法结构，现在却思路清晰如有神助，情急之中9个数字已深深印在他的脑海里，就像复古家具上繁复的雕花，早已入木三分。女老师推门而入，在里面磨蹭了好一会儿才晃晃悠悠走出来，似乎还有点不放心，又四处张望了一回，发现没什么异常，这才离开了。

好险！甘有点窒息了，几乎忘记了隐身衣的庇护，一直担心被发现，躲在墙角后大气都不敢出，看来人要做坏事也并不容易。直到老师走远他才意识到隐身衣其实一直起着作用，否则早被看见了，永远不要怀疑老师们的观察力。甘长出了一口气，稳了稳心神，看看左右无人，开始抖着手输密码。上帝保佑，现在千万别来人，不然的话按密码的声音会暴露自己的。他颤抖得无法自控，发誓下不为例，此生此世都不会再干这种事了。门嘀的一声打开了，甘像条泥鳅一样闪身溜了进去。

现在整个试卷库只有他一个人了，甘焦急地寻找着自己班的期末试卷。偏偏这试卷放得很难找，先要找到每个年级的试卷柜，然后再从柜子里找各班所放的层，再然后是每个科目。所有这些细致的分门别类的摆放都让甘觉得无比烦琐，他有点手忙脚乱，不知道该先打开哪个看。犹豫间甘不小心把几摞试卷碰到了地上，哗啦一声，撒了一地，大事不好。他急切地拾起那些试卷放在桌子上，尽量按原样整理好，谁知胳膊又碰到了柜门，引发了一连串乒乒乓乓的声音，这声音吓得他灵魂都快出窍了。

“谁在试卷库？”一个严厉的声音在门外响起，听上去似乎是教导主任洪亮的嗓音。接着甘听到了清晰的输密码的声音，立刻慌了神，吓出了一身冷汗，感觉马上就要休克过去。甘想找个地方藏起来，却怎么也挪不动自己的脚，它现在已经完全不听自己指挥了。教导主任的威严人所共知，没有谁不畏惧他那敏锐如鹰的眼睛，在这个学校，他的名字每天都会被不同的人提起，作为震慑调皮学生的有效武器。

门开了，严厉的教导主任走了进来。他狐疑地四处打量，明明在外面听到了稀里哗啦的声音，进来却空无一人，显得十分蹊跷。他环顾四周，慢慢踱着步子，一眼看到地上的散落的试卷。

“怎么回事？哪位老师做事这么马虎，把试卷搞得一团糟。”他皱着眉看了看，俯身去捡，一路捡到甘的身边。

情急之中甘向后退了几步，走动的声音和衣服窸窸窣窣的声音引起了教导主任的注意，他停了下来，仔细地四处查看，依然空无一人，但怎么感觉有人就在对面呢？这种感觉如此强烈，仔细听了听，连那粗重的呼吸声都能听得见，就是看不见人。他向前走了一步，又走了一步，无意中已把甘逼到了墙角，再往前几步两人就会毫无悬念地撞在一起。

被逼到墙角的甘已无退路，前面是步步紧逼的教导主任，身后是厚厚的墙，左边是开着的窗户，右边是一排高大的储物柜。他向窗外看了看，下面是一棵粗壮的白杨，如果瞄准好了跳到那棵树上就可以溜之大吉了，能准确跳上去吗？它看上去倒是很近，仿佛就在脚下，伸出的枝干如同张开的大手。但如果跳不准呢？他仿佛看到自己摔到楼下的样子，像一堆摊在地上的零件，东一块西一块，七零八落。

就在这千钧一发之际，一个尖细的女人的声音传进来：“主任，您在里面吗？有位家长一定要见您，请您来下办公室好吗？”门开了，一位年轻的女老师从门口探进头来，原来是那位每天都在校园练习美声唱法的音乐老师。她那独一无二的花腔女高音很有识别度，听过之后便令人难以忘怀。

“好的！我这就来。”教导主任的脸眼看就要贴过来，突然“咔”地一下停在了半路上，他慢慢回过身去，大声回应着音乐老师。这几天因为上级检查的事太过焦虑，上火失眠，动不动疑神疑鬼，这种状态实在太可怕了。教导主任长长出了口气，努力使自己平静下来，和那位老师走了。他走时依然有些不放心，特意将门设置为管理员模式，无论门里或门外，只有他亲自按指纹才能开启。

随着门咣当一声关上，甘从靠着的墙上慢慢滑下来，瘫软在地，像一堆烂泥。对于一个没见过什么世面的孩子而言，刚才的情形足以称得上惊心动魄，无论什么恐怖片、谍战片都没有让他如此紧张过，完全是在鬼门关走了一遭。

“我不要试卷了，我要回家。”过了好久他才勉强站起来，脱下隐身衣揉成一团塞在储物柜后面。这东西差点要了他的命，他现在只想离它远一些，继续穿着不知还会闹出什么乱子。甘拖着沉重的脚步挪到门口，准备开门走出去，但试了两次却发现门怎么也打不开。不仅如此，屏幕上已提示再发生触碰将会报警。

真是祸不单行，试卷没到手，隐身衣他也不要了，难道这些还不够，还要继续惩罚我吗？该怎么办？甘终于明白了什么是叫天天不应叫地地不灵。这里平常少有人来，空调被关了，除了柜子、试卷没有任何东西，窗外的冷风还在不断吹进来。他哆哆嗦嗦地走过去把窗户一一关好，蜷缩在离窗子最远的角落里。这时一个更加严峻的问题来了——他饿了。中午由于激动没有好好吃饭，刚才精神高度紧张消耗了体力，现在，他的肠胃已提出强烈的抗议，咕噜咕噜的声音一浪高过一浪席卷而来，来势凶猛，几乎要把他的胃捏碎。

太饿了，如果有点吃的该多好，哪怕是速食面也可以。自己平时从来都不吃那东西，现在想来其实挺美味的。唉！我为什么要来这里，做这种可笑的事？偷了试卷又怎样？考出好成绩也不是真实水平。爷爷知道会生气的，他大概会骂我吧！我真是让他老人家蒙羞了。甘啊甘，你难道真的这么差？真的不能通过自己的努力得到好成绩？甘的心里五味杂陈，不是滋味。他多想时光倒流，回到中午，那时一切还未发生，隐身衣还没穿到身上，虽然自己成绩平平，但却可以心胸坦荡地生活在阳光下面。

寒冷与饥饿像两条蛇，左右夹击紧紧缠住了甘。他又把丢弃的隐身衣拽过来盖在身上，试图暖和一点，没想到却更冷了，隐身衣不仅不能保暖，似乎还在吸收身体的热量。甘不得不站起来，在房间里走来走去，希望运动能使身体暖和起来，“什么时候才有人来啊，老天，请再给我一次机会吧！我绝不再犯错了。”他在内心绝望地乞求着。

放学了，学生们叽叽喳喳一窝蜂地回家了，老师们也各自下班，连楼道里的灯都被值班员一一熄灭。谁也不知道，三楼一个黑暗的房间里，孤独的男孩儿甘为了对抗寒冷还在疾步快走。“噢，亲爱的爷爷，如果你给我的不是隐身衣而是一件棉衣该有多好。爸爸妈妈，你们会来找我吗？可你们又怎么能知道我在哪儿呢？”他终于发现，往日那些平淡的生活原来如此可贵，现在多么渴望回去但却遥不可及。

爷爷决定送他这份礼物的时候，恐怕怎么也想不到这充满爱心的礼物不仅没给孙子带来快乐，反而让他陷入如此尴尬的境地。也许人生中的许多事莫不如此，设计者的初衷与现实结果常常背道而驰，有些创造发明会突然背离原来美好的愿望，像脱缰的野马一样闯入禁区，无法掌控。相信甘长大后一定会记得这个夜晚，它那么寒冷，那么漫长，每一分每一秒都深深刻在他的心上。

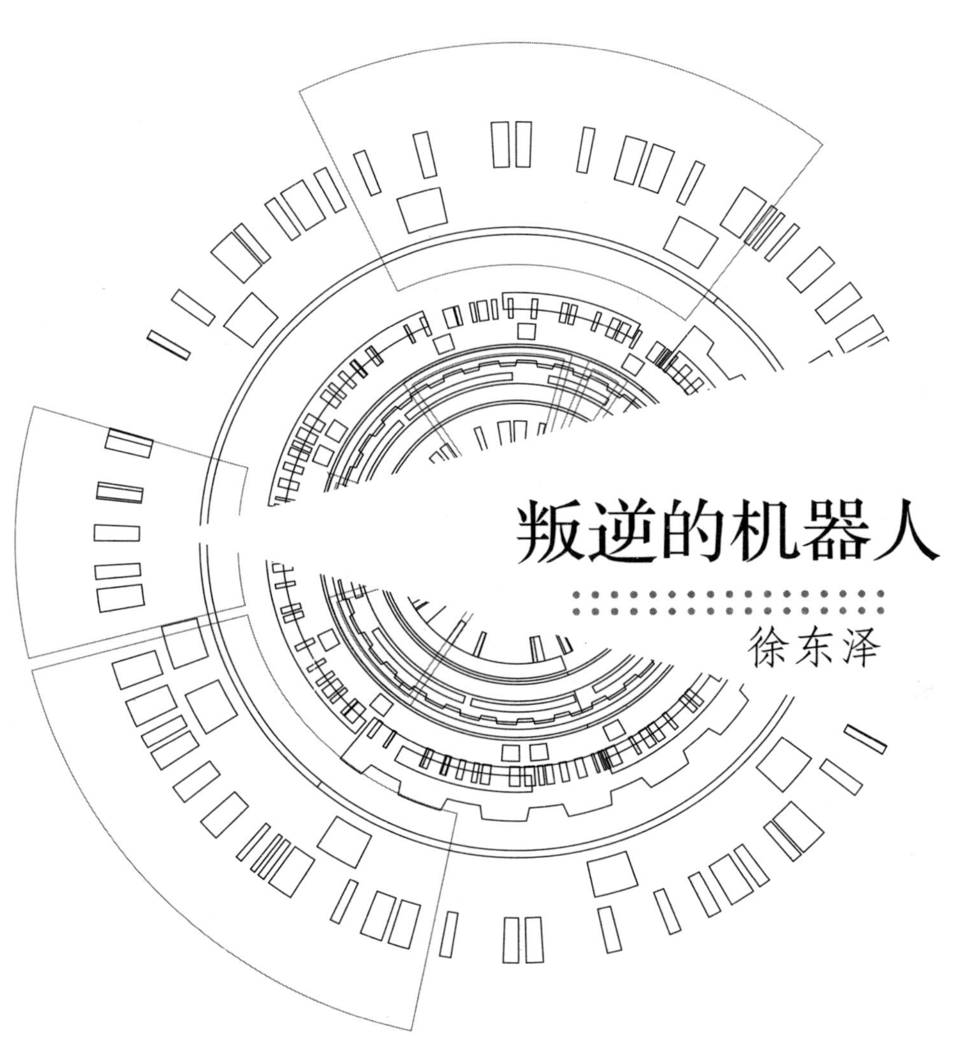

叛逆的机器人

徐东泽

“半脑袋，这是你干的吗？你给我滚过来。”白可乐盯着垃圾箱里那本被牛奶浸透了的作业本，气冲冲地喊道。

那个被他叫作半脑袋的，是个长得像颗特大号鸭蛋的机器人，是舅舅研发的最新产品。

“唔——哇！”半脑袋欢叫着骨碌碌滚了出来。

白可乐见他真的是滚着过来的，倒也气乐了——机器人都是笨蛋。

白可乐提着湿淋淋的作业本正要质问，半脑袋却像个不倒翁似的摇摆起来，“怎么样，是我做的，不错吧！唔哇——唔哇——”他还一副洋洋自得的样子。

“谁叫你扔的？”白可乐气得将本子摔到半脑袋身上，溅他一身牛奶。

“不是你说的吗，作业那么难，真想把本子扔了。我就帮你扔了。”

“我……我又没让你扔！再说，谁让你倒牛奶了？我写了一晚上的作业全废了，你这个笨蛋！”

“不是你说的吗，牛奶一点也不好喝，真想倒了。我就帮你倒了。”

“你……你……”白可乐气得直发抖。

“唔——唔——可乐生气了，半脑袋要闪了。”那颗“大鸭蛋”故作哀叫，再次滚起来跑掉了，却也将身上的奶渍涂了一地。

白可乐干生气没办法，他与半脑袋只相处了两天，整个家就鸡飞狗跳的。

这个暑假，白可乐本来在家待得挺舒服，可爸妈突然双双出差，便把白可乐打发到舅舅家。可舅舅也整天忙着研究他的机器人，没空陪他。这不，刚来几天，舅舅就接到电话，要到北京参加一个什么人工智能研讨会，竟然扔给白可乐一个机器人陪他，自己出门走了，还安顿他一日三餐叫外卖。

“你和半脑袋好好玩，玩好了我回来给你发奖金。”舅舅临出门时这样安排了，却没说什么叫“玩好”，不过既然是“玩”，那还不容易吗?

舅舅走后，白可乐才发现这个“玩”还真不容易。这个名叫半脑袋的机器人根本就是个成事不足败事有余的笨蛋，怪不得他叫半脑袋。

半脑袋浑身圆不溜秋的，没脸没五官，也没胳膊腿，就是一颗半米多高的大鸭蛋，既找不到电源接口，也没有任何按钮，乳白色的光滑外壳上连条缝都找不到。他站着的时候总是小头朝下，不摇不晃，可一旦行动起来，却像有孙悟空的七十二变，突然冒出各种五花八门的“器官”来：索线、吸盘、机械手……要什么有什么，就是不知道那些东西是怎么伸出来的。

刚开始白可乐还挺高兴，什么事都让半脑袋干，可很快就傻眼了。

比如那天，白可乐见舅舅家的玻璃实在脏得厉害，就对半脑袋说：“把玻璃擦干净，越亮越好。”然后他就去睡觉了。可睡着睡着就被风吹醒了，原来所有的玻璃全被半脑袋给卸下来了。

“透光率已达到100%。唔——哇——”半脑袋洋洋自得。

白可乐练习乒乓球，让半脑袋当陪练。半脑袋每次都把球准确地打到白可乐的拍子上，白可乐都不用接球，只要把拍子支在那儿就行。

“喂——我说，我是叫你陪练，不是叫你陪玩，来点难度好不？你得让我不好接球才行！”白可乐愠怒道。

结果半脑袋立即把速度提高了几十倍，将一箱子乒乓球像机关枪一样对着白可乐一通扫射，打在身上那叫个痛，慌得白可乐转身就逃。

白可乐让半脑袋下楼去取外卖，结果半脑袋把外卖小哥给扛上楼来了。吓得外卖小哥大呼救命："不好了，机器人要绑架我！"

白可乐急忙阻止："我让你取外卖，你怎么把人扛上来了？"

半脑袋那乳白色的外壳上显出一张无辜模样的表情包，指着外卖小哥的后背说道："他不就是外卖吗？"原来，那小哥的后背上写着"外卖"两个字。

于是，白可乐什么也不敢让他干了。可半脑袋却开始自作主张，这不，就因为白可乐抱怨了几句作业和牛奶，他就把作业本和牛奶一起扔了，而且在逃跑时还将奶渍涂了一地。

白可乐只好自己打扫卫生。他拿出拖布擦地板，可拖布拧得有点干，有片污渍总也擦不净，于是他自言自语道："太干了，洒点水就好了。"

话音刚落，"哗"的一声，一桶水从楼梯上倒了下来，将白可乐浇了个透心凉。只见半脑袋站在楼梯上，顶着个水桶欢叫："唔哇，这下不干了。"

"你干什么？"白可乐那张苦瓜脸都快要哭了，什么半脑袋，简直就是没脑袋嘛。

晚上，白可乐美滋滋地吃着爆米花看球赛，结果他喜爱的球队却输了，气得白可乐抡起抱枕抛向了电视机："破电视，砸烂你。"

突然听半脑袋也说："破电视，砸烂你。"说着甩出一条绳索将桌上的花瓶卷了过来。

"停，停，"白可乐头发差点炸起来，一把抱住了花瓶，"不许砸，不许砸。"

"哦。"半脑袋又显示出一副"疑惑"的表情，"不能用花瓶吗，对了，可以用抱枕。”说着又将抱枕卷了过来。

“停下，停下。”白可乐急得直蹦高，他可知道这家伙的劲儿有多大，抱枕也不保险。

还有一次，白可乐约了同学去踢球，但又不放心把半脑袋一个人留家里，便带着他出门。路上白可乐一个劲儿地叮嘱：“什么都不许动，只许乖乖看着，我让你干什么你就干什么，听见没有？”半脑袋满口答应着。

这时，他们看见路边有位阿姨正靠着栏杆发愁，原来是她的手机掉到围栏里取不出来。白可乐正想上去帮忙，半脑袋突然伸出吸盘将手机拽了出来。

阿姨又是道谢又是夸赞：“这个机器人真了不起，长得也可爱。”

白可乐第一次见半脑袋做对了事情，也由衷地夸道：“哇，半脑袋有进步啊，都会主动帮助人了。不错不错。”

半脑袋高兴地“唔哇唔哇”地晃了起来。白可乐本想再夸两句，却见半脑袋突然冲向一个正在打电话的叔叔，一把抢过手机扔进了围栏。那叔叔大叫着：“喂，谁家的机器人，怎么抢东西？”

白可乐的头发又炸了起来，还没来得及开口，却见半脑袋已从围栏里取出手机还给那叔叔，跟着“唔哇唔哇”地晃着身子看着白可乐。

“小孩儿，这是你的机器人？”那叔叔一边检查手机一边生气地问。

“对，对不起。”白可乐赶忙道歉。

叔叔走了。白可乐气不打一处来，冲半脑袋吼道：“你干什么，怎么能抢东西？”

“我就是想再帮一次人，你刚不是还夸我吗？”

“你……你把人家手机扔掉再捡回来，那能叫帮忙吗？”

“那捡谁的手机算帮忙？”

“不是谁的……是……是……”白可乐没办法和这个笨蛋说清楚

了，这种状态下，更不敢再带着他在外面瞎跑，只好推掉了约会，带着半脑袋回到家里。

“你这个笨蛋，害我球也踢不成。”白可乐一屁股坐到沙发里气呼呼地说道。半脑袋却“唔哇”一声跑进里屋去了。

“笨蛋，笨蛋。糊涂舅舅造的笨蛋机器人。”

白可乐正骂骂咧咧，只听半脑袋叫道：“接球。”接着，一个足球朝着白可乐射了过来。白可乐猝不及防，被足球狠狠砸到脸上，一头栽倒在地。

半脑袋立刻播放出一张咧嘴的表情包：“抱歉，是你说想要踢球的，我以为你能接得住。”

白可乐哼唧了半天才爬起来，他的愤怒已到了极点：“滚！你给我滚得远远的！再也别让我见到你！”

半脑袋愣着不动，一板一眼地问道：“请问滚多远？”

“有多远滚多远，滚一百里，滚一万里。”

“可是，这座房子里最短的直线距离只有23.47米。”半脑袋一边说着一边旋转着身体，扫描着房屋的结构。

“滚外面去。”

“可是，我不能独自走出房间，这是爸爸的命令。”原来他管舅舅叫爸爸。

“我不管，总之别让我再看见你。”白可乐已经气得毫无理智了。

半脑袋转了两圈，果然横躺下来，骨碌碌滚进房间里去了。

白可乐的脸颊依然火辣辣的痛，便从冰箱里找了冰袋敷上，上楼倒在床上生着闷气。

直到日头偏西，白可乐的气才消了些。他的肚子也饿了，便走下楼吃了些东西。这时他的脸已经不痛了，才想起半脑袋不知躲在哪里。叫他出来，可半脑袋既不出来也不回应。看来他是真的不敢见自己了，白可乐觉得有些好笑。

楼上楼下，里里外外，白可乐把每个房间都找遍了，就是找不到半脑袋。他去哪儿了？白可乐觉得有些不对劲儿，这个冒失鬼应该不会跑到外面去闯祸吧？

白可乐有点焦急，可半脑袋不敢违反他“爸爸”的指令。他究竟在哪儿呢？

“别让我再看见你。”白可乐想起了自己下的这道命令，明白他一定是躲了起来，和自己玩起了捉迷藏。

竟然躲着我，看你能躲到哪儿。

白可乐也来劲儿了，再次仔仔细细寻找起来，就连衣柜、抽屉、洗衣机、电冰箱都找了，就是不见那颗“大笨蛋”。他又想起刚刚没仔细检查楼梯下的储物间，那里的杂物太多，说不定他藏在什么东西里面自己没注意到。白可乐便钻进去一样一样翻了起来。

突然，储物间的门“砰”的一声被关上了。

“半脑袋！”白可乐急忙去推门，可门却锁死了。跟着，外面响起家具摩擦地面的声音，并重重地撞在门板上。糟了，半脑袋一定用什么大家具把门给顶上了。

白可乐这下可气了，对着门又踹又打，喊道：“半脑袋你耍赖，捉迷藏没这么玩的，开门，开门。”

然而，外面却一片寂静。

白可乐越想越气，疯狂地用肩膀去撞门，却依然无济于事。储物间里空间本就狭小，还堆满了杂物，根本施展不开，更何况外面还被顶得死死的。

直到精疲力竭，白可乐的怒气被消耗一空，开始萌生出一股惧意。

这个笨蛋机器人从来就没听对过话，也没做对过事，谁知道他还会做出什么出格的事来。我让他永远也不要被我看见，这下倒好，他干脆把我囚禁起来。

怎么办呢？

白可乐没带手机，储物间里也根本没有任何通信设施。他坐在纸箱上苦思冥想，就是没一点办法。

不知道过去了多久，白可乐饿得肚子都疼，可就是叫天不应叫地不灵。最后，他的脑子越来越迷糊，又饿又困，浑身没精神，不知不觉靠在纸箱上睡着了。

但他睡不踏实，纷杂混乱的梦境在脑子里翻搅着。他一会儿梦到自己跑了出去，把半脑袋砸了个稀烂；一会儿又梦到半脑袋拖起自己直接扔到了水沟里。这些梦如幻似真，根本分不清楚。

迷迷糊糊间，他觉得自己醒了，可身体就是动弹不了，不但连根手指都弯不动，就连呼吸也不畅。这是梦魇？这个概念一下子异常清醒地刺入白可乐的脑海。他试着挣扎了几次，可一点力气也使不上来，这让他更慌了。呼吸越来越困难，最后竟有窒息的感觉，白可乐觉得自己完了。

但正是这种绝望令白可乐冷静了下来。他曾有过几次梦魇的经验，老人们说这是“鬼压床”，可他查过资料，知道这在医学上叫作睡眠瘫痪症，在阴暗湿热的环境下，或者大脑暂时供血不足时都会导致这种现象，而且越挣扎越动不了。他强忍着憋闷让自己慢慢放松下来，一点一点积蓄力量，最后，猛地全身发力，用力一蹬。见效了，他一个激灵坐了起来，这才大口大口地喘气，冷汗也顺着额头滴落下来。

待心跳平稳了些，他再次试着用力推门，发现自己的手臂沉甸甸的，抬起来都有点费劲儿。这时，他明白自己为什么会梦魇了，那是因为——缺氧。

糟了，现在已无法判断具体的时间，自己睡了又醒，醒了又睡的，不知已在这个狭小密闭的空间里困了多久。但很显然，氧气浓度肯定在下降。再这样下去，自己没饿死就先憋死了。

“半脑袋，开门，开门。”白可乐嘶哑地叫喊着，“我错了，我不该吼你，求你开开门……”他怀疑半脑袋究竟能不能听到。缺氧和饥饿，令白可乐的脑袋越来越沉，尽管理智告诉他不能睡，可他还是无法抵抗那越来越强的睡意，生存的希望也在一点一点流逝着……

朦胧中，耳边传来了细微的声音，不久，一股清新的空气浸入肺中。模模糊糊中，白可乐看到了舅舅的脸……然后，他什么都不知道了。

白可乐醒来时，舅舅正关切地护在床边看着他。他一骨碌爬起来，说道：“舅舅，你的机器人差点害死我。”

舅舅轻拍他的背，笑着安慰道：“放心吧，你没事。医生来看过了，你主要是受了惊吓，身体很健康。”

白可乐一听这话更来气了：“没事儿？我被他关了好几天能没事儿？都缺氧了知道吗？他就是要憋死我。”

“没好几天，也就七八个小时。”

“七八个小时，还‘也就’？你是我舅舅吗？”

舅舅面带歉意地说：“对不起，可乐，让你受惊吓了。但你真没缺氧，半脑袋一直在监测着氧气的浓度。”

“怎么没缺氧，我都梦魇了知道吗？”

“可能是你太紧张了，他真的不是要伤害你，他一把你关起来就给我打了电话。因为他担心关得太久了会饿坏你，所以我就马不停蹄地赶回来了。”

“你……你还替他说话，你到底是不是我亲舅啊！”白可乐怒不可遏。

“抱歉抱歉，真的很抱歉，你想舅舅怎么补偿你？对了，我答应过给你发奖金的。”

“我不要奖金，我只要你把那家伙砸个稀烂！”

舅舅再三道歉和安慰，白可乐的怒气才渐渐消了些。然后舅舅解释道：“半脑袋还不能砸烂，你不了解他的价值，这次和你的互动，他自己就进化出很多新算法。”

白可乐虽然生气，但对半脑袋的迷惑行为的好奇心终究占了上风。他问道：“你说他有很高的价值，我怎么没看出来，光看见他捣乱了。”

“这正是他的价值，你知道吗？他是个学习型机器人，而且还是个人机共生理念机。”

“少骗我，”白可乐皱着眉头，“既然是人机共生，那他为什么总和我对着干？”

舅舅赶紧细致地解释起来。

“学习型机器人就是用来探索人机共生理念的一种人工智能，我们在制造他的时候，并没有给他编写解决具体问题的程序，而是让他自己想办法。人机共生理念，就是人与机器相互促进，人需要机器帮助自己解决问题，并能够拓展人类思考问题的方式。而机器却可以通过人类复杂的命令和对结果的评判，自身也能得到进化。你知道达尔文的生物进化论吗？”

“这和生物进化论有什么关系？”

“当然有关系，机器的进化和生物进化有共同之处，他们都在试错。”

“试错？”

“对呀。你想想，生物进化遵循的是‘物竞天择，适者生存’的原则。生物进化来源于基因变异，可基因变异是随机的，是染色体的错误复制导致的，并没有目的性。但只有当某种变异结果适应环境时才会保留下来，如果变异结果不适应环境变化，就无法生存，会被环境淘汰掉。这就是自然选择。”

“可这和半脑袋的捣乱有什么关系？”

“他也是在试错呀。你给他指令，他便自行思考各种能够完成任务的方法。只不过，他的方法需要人类去评定，也就是说，人类对他来说充当了自然选择的角色。如果他们的行为模式得到人类的肯定，他们就会保留和强化这种行为模式，反之，如果人类对某种行为持否定态度，他们就删除这种模式。”

白可乐若有所悟，说道：“原来是这样呀！怪不得上次他帮人捡手机时，我夸了他两句，结果他又抢了别人的手机扔掉再捡起来。”

“对呀，你夸了他，就是对他的行为模式的肯定，他想再次得到这种肯定，以强化模式的形成。而且，他不但会直接接受人的指令，还尝试着主动判断人类的需要去帮助人类解决问题，所以他会扔掉你的作业本。这些他都和我说了。”

白可乐又问：“他既然会主动判断人类的需要，又怎么用那么极端的手段对付我？”

“那是因为你那个指令太强烈了，你说再不想看见他，而他又不能独自出门，所以才想出那个笨办法。但他还是能够判断出那种方式终究会对你不利，所以立刻给我打了电话。”

“原来如此，那你之前怎么不告诉我呀？”

舅舅再次道歉，说：“对不起了，可乐。我走得太急，给忘了。”

白可乐无语了，怪不得妈妈总是说舅舅是个糊涂蛋呢。可他受了几天罪，不甘心就这么轻饶了这个笨蛋机器人，便说：“那你得让我拿他出出气，否则我心里不平衡。”

“行呀，你想怎么做？”

白可乐眼珠子一转，计上心来：“你叫半脑袋过来。”

“你的指令还没取消，他现在不能见你。”

白可乐叹了口气，冲着门外喊道：“半脑袋，你可以见我了，马上给我滚过来。”

只听“唔——哇——”一声，半脑袋骨碌碌地滚了进来：“什么事儿，可乐？”

“我交给你个任务，你必须得完成，明白吗？”

“明白。”

“我要你做一件你自己都想不到的事。”白可乐一脸坏笑。

“不要——”舅舅大惊失色，他太明白这种逻辑死结的后果了。可半脑袋却已经“唔哇”一声叫了起来：“遵命，可乐。”说完骨碌碌滚着走了。

“可乐呀，你可害苦我了。”舅舅满脸沮丧，白可乐却笑得开心极了。

想不到的事情自然就做不到，而能做到的事情自然就能想到。这是个逻辑死结，让那个大笨蛋伤脑筋去吧。白可乐越想越解恨，最后实在忍不住哈哈大笑起来。

就在这时，半脑袋突然又滚回来了，乳白的外壳上显示出一张得意的表情包：“可乐，我完成了。”

“什么？”这次轮到白可乐大惊失色了。

“我完成了一件事情：思考一件我想不到的事。我没思考出来，这不就是做了一件我自己都想不到的事吗？”

“哈哈……”舅舅一下子仰倒在地大笑起来，“可乐呀，谢谢你的命令，哈哈……半脑袋果然越来越聪明了，哈哈……”

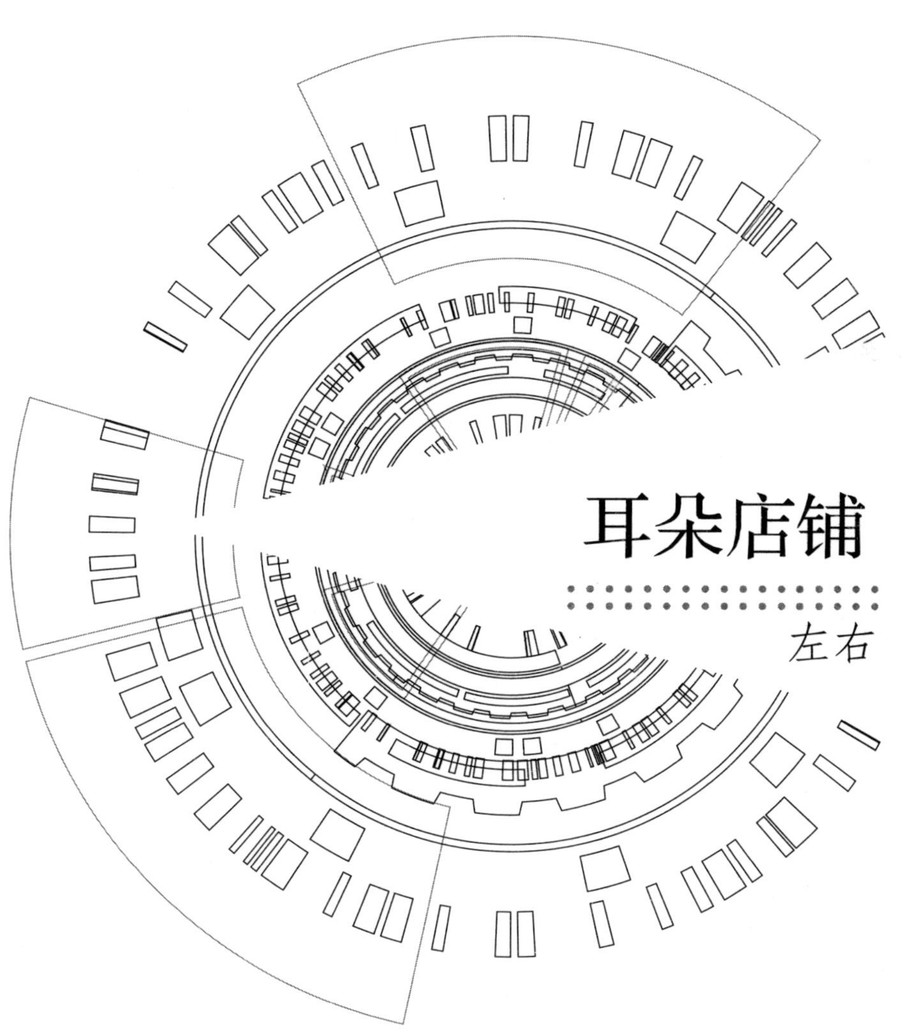

耳朵店铺

左右

一

正如顾客想象的那样，这家闻名遐迩的店铺出售各种各样、令顾客意想不到的“仿生耳朵”。但是能找到这里或者说有条件来这里的顾客，少之又少。

用琳琅满目来形容这个店铺，还不足以令人震惊。这是赛博朋克城唯一一家具有经营许可证的出售仿生耳的耳朵店铺。在这里，顾客可以买到自己一直梦寐以求的那一双与众不同的“耳朵”。

数据显示，上一位来店铺里成功交易的客户，是一位银发老太太。

二

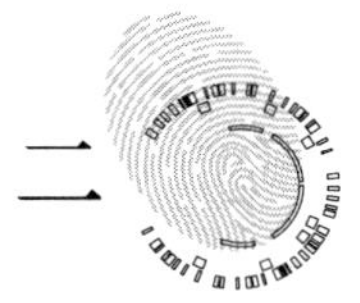

“来，来客人了！”堆满灰尘的老古董机器人说。

银发老太太对老古董机器人说：“你们……你们店铺真难找，这种折磨人的事情，真累死我喽！”

“真是对不起，太太，对此我感到十分抱歉。”

银发老太太听完机器人的道歉后心花怒放，先前的不快与不满一下子就从脸上消失了。

“请问，怎样才能找到耳朵店铺？”

“这非常简单。请您按下电话号码3333-3333，然后闭上眼睛，你就知道答案了。”

银发老太太照做了。当她按完号码，闭上眼睛，发现自己出现在一件满目琳琅的店铺里，眼前站着一位满脸微笑、肥头大耳、发型奇特的服务员打扮的机器人。

“您好，太太，我是刚才与您通电话的人，也是这座店铺的掌柜，我姓蓝。”

“那……好吧，蓝先生，我……我要买一双仿生耳。”

银发老太太收起自己吃惊不已的嘴巴，不敢相信眼前所见的一切，一边扫视周围，一边等待回答。

“欢迎您。在我的店铺里，您要的耳朵，我都会为您找到最好的。”

“我不要最好的，我只想要一双能够听见一天声音的耳朵。而且要温柔浪漫一些的呦。”

“请问，您这是为哪一位患者买的呢？”

“还能有谁，为我家那糟老头子买的。医生说，他活着的时间不多了。他现在听不见我说话，这让我很难过。我对他发了一辈子的脾气，想改都改不了，想在他走之前听听我的声音，温柔的声音。”

“有，有，我这里刚好有一款，是仿制一位上个世纪明星的温柔动听声音的耳朵。这款仿生耳功能多样，特点是她从出生到去世都在温柔的声音中度过，不过价钱可……不便宜。”

“没关系，我已经带上了我所有的积蓄，你开开价吧。”

“那我就不客气啦，521万美元。”

“天啊，我可没有这么多钱，这可怎么办。我只是使用一天，一天就这么贵吗？”

“不好意思，太太，这里不是普通商品杂货铺。正如您所见，这里的耳朵都出自世界上独一无二的仿生耳生产基地，听了您和您先生的事迹我很感动，遗憾的是我们的价格一般都是定死的，没办法让价……

“不过，如果您愿意的话，我可以为您写上欠条，在您离世之前，把所欠下的债还清就可以了……”

“我一把老骨头了，已经没有了劳动能力，别说赚钱啦，就算出去打工也没有人会要我的。蓝先生，您帮帮忙吧！”

这一对话被耳朵店铺未来的小掌柜、蓝先生的小儿子蓝小牙听见了。蓝小牙也是机器人，不过他有其他机器人没有的特点：有一颗温暖而善良的机器心。蓝小牙听了蓝先生和银发老太太的对话感到很气愤，觉得自己的爸爸有些过分，但他又不敢上前去与爸爸理论。聪明的蓝小牙在深思熟虑之后，决定帮银发老太太一把。

蓝小牙偷偷地跑进耳朵店铺，翻出了蓝氏家族的族谱和所仿生耳朵的价目账本。他发现，银发老太太需要的那双耳朵实际上在刚生产出来的时候只值5美元，现在已经涨到52万美元了。蓝小牙的爸爸蓝先生之所以明码报价了521万美元，就是因为银发老太太讲的人间故事，令耳朵时钟——这家耳朵店铺的幕后主人、耳朵商品的生产者——一个没有机器心、没有感情的快要散架的时钟形状的老机器人流泪难过。耳朵时钟控制不了自己多愁善感的情绪，直到准备打一个很长很长的喷嚏的时候，看见价目表上的价格一路升得离谱，只好停止了哭泣。

三

蓝小牙为了帮助老太太达成愿望，使出浑身解数，终于想到一个他自认为非常聪明的计划。

正如蓝氏家族的族谱中所描述的那样，这家耳朵店铺在异域空间里已经存在了几百个世纪。这里的耳朵商品，价格每年都会以五六倍的速度在不断上涨。这里定下的价格规矩并非蓝先生家族人为设置，而是这里有一扇进入耳朵店铺的大门，大门口有一块耳朵形状的时钟，人们称它为耳朵时钟。那些整整齐齐排列在橱窗里的耳朵，正是它根据人间的每一种形状、色味与变化生产出来的。而决定这些耳朵价格的主要因素，就是来购买耳朵的客人讲的故事。故事讲得越令人动容、催人泪下，耳朵的价格就越贵。

很显然这位银发老太太不知道这个内幕，以往前来购买耳朵的客人也不知道。

蓝小牙决定写一封信给老太太，写了一半他才发现，耳朵王国里流行的语言在老太太这里行不通，毕竟老太太是人，自己不是。在耳朵王国，与人交流时写出来和说出来的意思，完全不同：说出来的话银发老太太能够听懂，但写出来的字就变成了只有蓝先生和蓝小牙自己才能懂的语言。

他趁着步履蹒跚的老太太尚未走远，赶紧硬着头皮追了上去，迫不及待地与老太太开门见山。

“老奶奶，我……可以帮助您。”

“真的吗？我的孩子，善良的小机器人……请你告诉我该怎么做？”

“本来这是我们家族里的秘密，但是我不忍心您伤心难过。自我出生到现在，我听过很多感人的故事，但他们的故事我不感兴趣，只有您的故事让我真心感动。不过……

“不过请您一会儿再次去找我爸爸的时候，不要把故事讲得太生动细腻，又那么感人至深……别问我为什么，您按我说的做就是了，我保证这一次价格会很低很低。”

“善良的孩子，我不知道怎么感谢你才好呢，那就让我给你一个拥抱吧！”

说完，老太太准备抱起蓝小牙。可是无论老太太怎么努力，她都摸不着蓝小牙的身体。

“嘿嘿，老奶奶，您是摸不到我的，您只能看见我。我就当您已经抱过我啦。一会儿您再去的时候，您要假装您记性不好，刚才说过的话要忘掉，这次按照我给您说的词儿重来。”

“好的，亲爱的孩子。”

四

银发老太太再次步履蹒跚地走进耳朵店铺。

蓝先生和颜悦色地走到门口，扶着老奶奶坐了下来：“您怎么又来啦？是不是把钱已经准备好了？”

“您说什么呢，狼先生。”

“啊，我不姓狼，我姓蓝，蓝蓝的天空的蓝。”

“噢，狼先生，不，蓝先生，我想买一双仿生耳。”

“好的，太太，您刚才已经说过了您的情况。您需要一双……”

老太太很快打断了蓝先生的话。“先生，噢，您姓蓝，蓝先生。我不记得刚才我说了什么，现在我只想要一双仿生耳，只要足够温柔就可以了。”老太太轻描淡写地说。

“这……您还有别的补充吗，比如说，为谁买的？因为什么事情而购买？”

“没有了，狼先生。”

“我姓蓝。”

“噢，对。我没有别的补充，蓝先生。”

“那好吧，我给您看看价目表。”

蓝先生惊讶地张大了眼睛，不敢相信自己。他很仔细地检查了几遍，最后用非常确切的口气对老太太毕恭毕敬地说：“请您付52万美元。”

老太太故作镇定，将自己的喜悦掩藏在帽子下的面纱里：“好的，狼……蓝先生，这是我的银行卡，请您帮我刷一下吧，密码是……”

老太太从手提小包里找出一张卡片，上面写着六个数字。

“我记忆力不太好，总是记不住密码，麻烦您帮我刷一下银行卡。”

蓝先生接过银行卡，很快为老太太办完了手续，将一个装着老太太所需的仿生耳的盒子交到她颤抖而激动的手中。

“谢谢你，亲爱的孩子……”老太太一路小声地默念着这段谁也听不到的祝福。

蓝小牙躲在店铺外面的大树下，将整个过程看得清清楚楚。这个时候，他不能去与老太太送别，只要自己一露面，蓝先生就会发现这件事的端倪。

目送老太太离开耳朵店铺，蓝小牙以最快的速度回到了自己的卧室，假装在睡觉。他非常忐忑地躺在床上，生怕纸包不住火——家族里的掌控者、生产者耳朵时钟有一天总会知晓自己为老太太所做的事情。

时间一天天过去了，耳朵店铺一直风平浪静，店铺大门口的时钟夜以继日地生产着新款耳朵商品，从不停歇。店铺里的老古董电话，如果不是响起来的话，从来没有人会在意它的存在。蓝小牙最渴望店铺里有电话响起，每天路过店铺的时候，总盯着它发呆一会儿。

其实这段时间最受煎熬的是经营着这家店铺的蓝先生。

蓝小牙再怎么聪明，他所做的事情也不会瞒过蓝先生的眼睛。他一方面为自己的儿子保持着蓝氏家族的善良基因而欣慰，另一方面为自己的儿子违背家族规矩而担忧。他不想让儿子知道做了善事会受到惩罚，但他又想不出解决的办法来。

耳朵店铺的幕后主人、生产者耳朵时钟特别见不得来自人间的客人购买耳朵时所讲的故事过分感人，也讨厌购买者的身上总怀着一颗火红形状的善心。将来蓝小牙如果顶替蓝先生来经营这家耳朵店铺的话，显然是无法跳过耳朵时钟那一关的。

蓝先生这次之所以睁一只眼闭一只眼地把店铺里的商品卖给了老太太，主要是想考验一下蓝小牙。但现在想来，自己完全没有必要向着儿子，他有一丝后悔。

眼看着自己的儿子即将受到无辜的惩罚，蓝先生一直在等待奇迹的发生，他一遍遍在心底祈祷。

五

银发老太太满怀百分之一万的信念，回到了自己的老先生身边，将从耳朵店铺里买回的一双仿生耳戴在尚在睡梦中的老先生耳朵上。

一缕阳光从窗外射进来，愉悦的早晨从老太太的笑声中开始了。老先生听见了窗外悦耳的鸟鸣，听见了秋风吹动落叶的声音，听见了房间内外有无数双鞋子在来回走动。

“你醒了哦，老头子。”

“哟，老婆子，能够听见你的声音真好……还有啊，你什么时候变得这么温柔啦！声音里有一丝芳香的甜蜜！”

“没有啦，老头子，你嘴巴什么时候也变得这么甜啦。我一直很温柔的，是你以前的听力有问题哟！”

“好吧，不管怎样，能再次听见声音，尤其是你温柔的声音，真的是太好了！”

“老头子，医生说你不能太激动，要心平气和地……享受每一天哟……”

“主人，我不但能让你听见声音、感受声音，还能为你设置舒适、心平气和的氛围。需要我提供服务吗？”

是那双仿生耳的声音，它多样性的功能在此时产生了作用。

“那太好了，请让我家老头子的心情保持愉悦、平静。”

一整天下来，老爷爷好像被换了颗心似的，一整天在快乐与平静中度过，整个身心别提有多舒适了。老太太脾气不再像以前那样暴躁，性格不再像以前那样刚烈。她轻轻依偎在老先生胸前，陪着老先生聆听声音、回忆往事、喝茶听歌，完全变了一个人。这令老先生非常怀疑，眼前这个最熟悉的人此刻怎么这么陌生，但他又无比享受，很快就打消了这些顾虑。老太太这一天没有停歇过，她知道，从耳朵店铺购买的耳朵到了明天早晨就会失效了，而自己的先生，就在这几天即将结束自己的生命。

为了度过一个有意义的临别节日，老太太请求院里的护士长把院里的部分护士请进病房里，陪老先生一起过节日。虽然最近没有什么法定或者习俗假日，不过老太太说，那就过一个“最后的节日”吧。

在最后的节日这一天，院里嗓音最美的护士唱起了老先生生前最爱听的歌，老太太也在一边温情无限地伴奏。

其中有一位新来的护士好奇地问老太太：“爷爷奶奶在一起多少年了呀？”

“算起来有50年了，我们认识的时候，我24岁，他20岁。”

“哇，好让人羡慕哦。”

老先生听在耳朵里，脸上露出无比幸福的笑容。

“您这么大年纪了，依然这么美这么优雅，肯定有很多追求者吧？”

这句话马上引起了老太太的不适，在这个关键时刻，护士问错了话。因为在老先生的记忆里，一直有一段往事令他耿耿于怀。老太太年轻时，曾经被一位诗人追求过，他们差点私奔，这位不速之客，差点使他们的婚姻破裂。

老太太真希望老先生没有听见这段问话。她小心翼翼地抬起头，看到洋溢在老先生脸上的幸福很快消失了，整个病房里陷入了无比的尴尬之中。

原本打算在这一天温柔到底的老太太，愉悦的脸色拉了下来，对大家说："你们，你们都出去吧！都出去吧！"

病房里，老先生感慨万千，久不能言。窗外的小鸟双双成对，在枝头上叽叽喳喳，声音依然是那么清脆动听。

"我多么希望我没有听见那句话，你就当我没听见吧。"老先生开口了。

"我也多么希望我没有遇到过他，请你忘掉这段不愉快的事情吧。"老太太请求道。

他们老泪纵横，久不能言，深深地拥抱在一起。

六

正如蓝先生祈祷的那样，奇迹已经发生。

蓝氏家族的族谱里确实提到过这么一段不成文的规矩，只要佩戴者说一句"我多么希望没有听见那句话"，那么所购买的商品价格会在价目表上消失。原本第一次定价521万美元的耳朵，现在价格为"未知"。这样一来，蓝小牙就能躲过耳朵时钟的追查。

这一切，源于蓝先生的精心策划。他既要让自己的儿子不受惩罚、不失善良、不失自信，不让老太太这位顾客失望，又不能让耳朵时钟发现店铺账本的异样。蓝先生多方顾全的办法，已经相当完美了。

心底的一块大石头落地了，老机器人蓝先生叼着烟斗，拿起抹布温柔地擦拭橱窗上的灰尘，享受着余留在店铺的角落里最后一寸的阳光。

丁零零——耳朵店铺的机器人电话响了。数据显示，下一位购买者即将在十分零五秒后到达。

耳朵店铺又有新的生意要开张了。

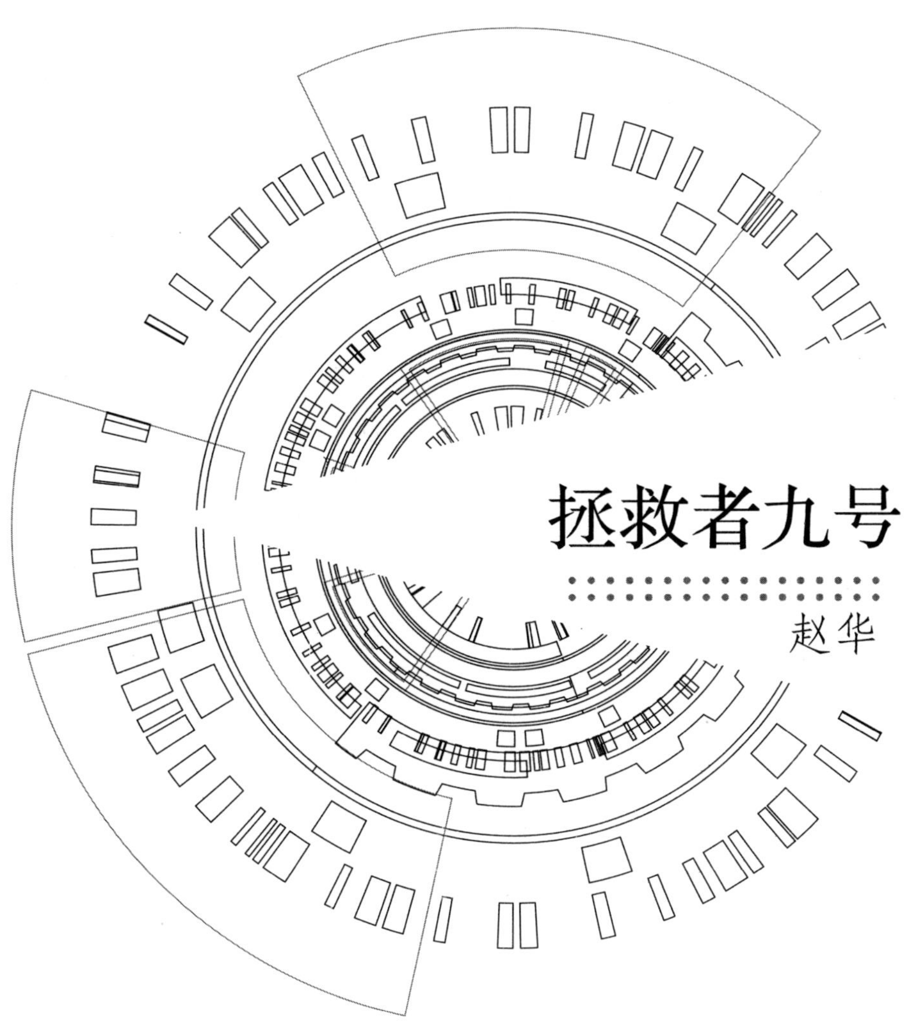

拯救者九号

赵华

“朝起红霞晚落雨，晚起红霞晒死鱼。”一大清早，东边就燃起了比贡果还要红亮的朝霞，它们几乎渲染了半个天空。果然，还没到晚上，还是日头尚高的时候，天上就淅淅沥沥地落起了雨。

一下雨就没法再摘枸杞子了，承包茨园的老板，长着个水桶腰的董超懊恼地摇摇头嘟囔道：“越忙越添乱，老天爷也成心捣乱，正是择摘枸杞的时候下的哪门子雨？”接着，他又对我们大声吆喝：“下工了！今天下午干不了活了，你们都回家去歇息吧，等明天天晴了再来。”

这个下午不必再忍受烈日暴晒、蚊叮虫咬和白刺戳扎了，但我的心里一点都高兴不起来，休工一下午就意味着我要少挣10元钱，也意味着我拥有一个二手手机的愿望又被推迟了半日。

爸爸和妈妈都在外地打工，爷爷奶奶和我话不投机，我又没什么朋友，我多么希望能拥有一部智能手机，像村里的赵佳佳、王乐乐一样玩游戏打发时光啊。可惜的是，爸爸和妈妈担心我会荒废时光，不思学业，临行之前再三叮嘱爷爷和奶奶不能给我买手机，也不能给我零花钱。在这种情形下，我只能“艰苦奋斗，自力更生”。

俗话说：“镰刀响，果子淌。”七月份是收割小麦的时候，也是枸杞缀满枝头的时候。完熟后的小麦如果不及时收割，麦粒就会自行脱落，成熟之后的枸杞如果不及时采摘也会像米汤一样淌落一地。因此这个月是茨农[1]最为繁忙、也是董超这样的老板最缺人手的时候。正式工

①枸杞古称为“茨”，故习惯性地将种植枸杞的农民称为“茨农”。

招收不够，董超干脆招收我们这样的兼职学生工，我们可以趁假期挣些零花钱，而他也可以节省一半工钱，这是件各得其所的事情。

我仔细算了好几遍，在董超的茨园里摘一天枸杞可以挣15元到20元，我干够一个月的话就可以挣450元到600元，而王乐乐正好有一部二手手机要以500元的价格转让。

从茨园回到家中后，奶奶又埋怨我不扫地也不收拾屋子，为了耳根清净，我干脆来到了自己的“行宫”中，那是我足足花费了两个月的时间在屋后的老柳树上搭建的树屋。爷爷和奶奶的腿脚不好，他们都爬不上来，因而这用旧木板钉成的略显简陋的小屋就成为我独享清静的绝佳之地。我在树屋中放置了清水、干粮、西瓜和西红柿，还放了手电筒、几本快被我翻烂的旧书和一台二手袖珍收音机，我敢保证就算接连几天不下树也不会有任何问题。

雨滴没完没了地砸在柳条和柳叶上，发出令人厌恼的轻响。将那本旧故事书又翻了几页后，我变得心烦意乱，干脆无所事事地仰面躺在木板上。

就在这时，就在潺潺的雨声中，我听见一阵异样的动静。竖起耳朵分辨了一小会儿后，我断定它是脚步声。

我猛地翻起身来，心脏开始“嗵嗵”地跳起来，我几乎能猜出来者是谁，他一定是偷瓜贼。爷爷在屋后的自留地里种了辣椒、茄子、梅豆和西红柿，还种了西瓜。西瓜基本上是红瓤的，在极少的情况下它们会长成黄瓤，黄瓤瓜不仅稀罕而且汁甜肉沙、清爽可口。不知道是因为自留地的土壤好还是因为爷爷的手气好，他种出来的西瓜居然十有三四是黄瓤瓜，这让众人羡慕又眼红。为了防止“贼娃子”来偷瓜，爷爷在自留地周围扎了一圈风障，尽管如此，仍有人贼心不死，想方设法来偷瓜。眼下的这个偷瓜贼一定就是趁雨天来撞运气的，他一定知道爷爷和奶奶都患有风湿病，一逢阴雨天气就会腿脚疼痛，躲在屋里。哈，心思缜密的偷瓜贼，他一定忘记了我的存在。

我趴在树屋门口，探头探脑地朝下张望。奇怪的是，尽管脚步声越来越真切，但无论瓜地里还是菜园里都空无一人。

“这一定是个经验丰富的偷瓜贼，他担心头顶上的树屋里有人，因而在菜架间躲躲藏藏。”如此琢磨着，我轻手轻脚地爬下了树屋。我原本想到菜架间寻人，但“吧唧吧唧”的脚步声显然是从瓜地间传来的。循着声音，我果然见到了一串脚印，而且新的脚印还在湿软的地里歪歪扭扭地产生。一瞬间，我寒毛卓竖，我不明白为什么眼前空无一人，地上还会有脚印被踏出。我本能地联想到了鬼魂，联想到了奶奶从前给我讲的那些不知是真是假的神鬼故事。可是奶奶口中的那些鬼魂都是轻飘如纸、御风而行的，它们怎么会像人一样在泥土里踏出脚印呢？

不知什么时候，雨滴密集起来，变成了一支支从天而落的箭、一根根垂直于天庭的珠帘。一束闪电划过了苍穹，紧接着一声炸雷令我浑身一颤。

奶奶经常说闪电和响雷是雷公电母在作法惩罚那些不忠不孝的人，在清除那些不肯投胎转世的屈死鬼和成了精的野兽猛禽。电闪雷鸣果然对西瓜地里的这个只见脚印不见身形的鬼怪起了作用，我吃惊地看到，就在最后一双脚印产生的地方，空气似乎在蒸腾，在扭曲变形，紧接着有什么东西影影绰绰地显露出来。

先是一小团灰，接着是更大的一团灰，就仿佛盗版的DVD碟片被成功纠错，马赛克依次消失。终于，我看到了一只胳膊，又看到了完整的身体和头颅。是一个比我略长几岁的青年，他穿着一身浅灰色的衣服，身上还披着一件同样颜色的斗篷。

他不是村子里的人，因为我从未见过他。我能肯定他也不是邻近村子的人，因为他的面孔太过殊奇。他长得既像中国人又像外国人，或者说既不像中国人也不像外国人。一言以蔽之，他长得太标准了，标准得就如同游戏《最终幻想》里的那种难辨真假的虚拟人。

他捂着自己的一条腿，表情有些痛苦。这个时候我才意识到他似乎受了伤，在雨水的冲刷下仍能隐约看到血渍。怪不得他的脚印显得踉踉跄跄。

这个时候他开口说话了，他的声音也令我吃了一惊，它同样异常标准，就像是电视播音员发出的声音。“我遭到了袭击，隐身衣渐渐丧失隐身效果了。雨越来越大了，你能帮我找个淋不到雨的地方吗？”

我猜他披在身上的那件斗篷就是隐身衣，或许是因为他的面孔和声音都太过独特，我竟没有再将他当作偷瓜贼看，而是呆头呆脑地指了指自己屋子说：“你可以到我家避会儿雨。”

但他问道：“你家此刻还有别的人吗？”

我点点头：“我的爷爷奶奶在家中。”

他面露难色：“你能帮我找一个没有大人的地方吗？”

我指了指树屋说：“你要是不嫌弃的话，可以暂时待在那里，那里有点小，但不会有大人对你问长问短。”

他点了点头，在我的搀扶下来到了柳树前，我连托带举，用尽吃奶的劲才总算帮他爬进树屋中。我好奇地打量着他的斗篷，没有料到世界上真的有神奇的隐身术。我正打算开口询问他的来历，他已经先于我说道：“时间不多了，时间很紧张，你能帮我买一些东西吗？”

就在我不知所措之际，他低头看到了地上的旧书和一支用来涂鸦的圆珠笔，他抓起笔在书的空白处歪歪扭扭地写起来。

“两部智能手机

4节1号电池

12节7号电池

两只三角尺

一个12位多功能计算器

6支激光玩具

一把便携式焊枪

一把多功能螺丝刀

一张本市地图。”

他将那页撕下来递给我，又从怀里掏出一小沓百元钞来：“这是购买这些物品的钱，至少会有500元的盈余，它们归你所有，是你的辛苦费。”

我意外又惊喜地张大了嘴巴，不敢相信自己居然有如此好的运气，我正为如何积攒下500元而焦思苦虑呢。但他毕竟是个初来乍到的陌生人，身上还有伤，我关心地问：“你是名科学家吗？有人要抢你的隐身衣吗？是谁袭击了你啊？我应该帮你找个医生。”

陌生人只答了最后一个问题，“在另一块瓜地里，我途经那里时，有一个光头男人觉察到了我的动静，他朝我站立的地方开了枪，击中了我。隐身服正是因此而开始失效的，我没有想到他会有枪支。”

“老乌贼！”我脱口而出。他说的那个有枪支的光头正是村里的邬新民，他是个锱铢必较又心狠手辣的家伙，大家都叫他“老乌贼”。老乌贼当过民兵，懂得些枪械的知识，为了打鸟打野兔子，他自己制作了一把土枪，听人说土枪的威力不小，一枪下去能把十几米开外的土狗打成残废。

无论是谁，栽到老乌贼的手中都不会有好下场，老乌贼一定将隐身的他当作了孤魂野鬼，冲他开了枪。我再次提出找一位能治外伤的医生来，但他固执己见，依旧说："我不会有事的，当务之急是将单子上的物品买回来。你是个热心的男孩，而且看上去靠得住。我的腿脚眼下不方便，请你抓紧去买齐。你如果守口如瓶，不将遇到我的事情说出去的话，我会考虑增加你的报酬的。"

这番情形下我还能说什么，于是点点头。我看着旧书页上的那些物品，告诉他这些东西在村里的小卖部买不全，得冒雨到五千米外的镇上买，那里的商店东西比较齐全。往返镇里会花费不少时间，不过我会尽量赶在天黑前回来的。

他也点点头，表示满意。

临下树前我指指挂在墙壁上的水壶和塑料袋说："如果你感到口渴或者肚子饿的话可以随意取用它们。另外你放心，除了我不会有人到树屋中，你只要保持安静就行。"

他冲我做了个表示明白的手势。我回到屋里找出雨衣，推出那辆二手山地自行车，冒着瓢泼大雨朝镇里骑去。所幸的是，由于雨大，路上的车辆并不多。

我跑了三家店才将书页上所列的这些物品买齐，无论是通信器材店，还是商店和五金用品店的老板都用异样的目光反复打量我。特别是通信器材店的那位年纪同妈妈相仿的女老板，她对我充满警惕，问了我许多毫不相干的问题，她一定将我当成了小偷或者那种盗取家里的钱来挥霍的不良少年。我一定是她遇到过的第一个手握巨款并且一下子购买两个手机的乡村少年。余下的钱果然有五六百，想到陌生人还受着伤，我从药店里为他买了些云南白药和消炎药。

风风火火地回到家中后，已是暮色昏暝了。我撂下自行车，脱掉雨衣，径直来到了村屋中。陌生人正望眼欲穿地等着我，见到我带来的那一包沉甸甸的物品时，他总算长出了一口气。

我把云南白药掏出来，劝他先外敷点药，但他并不理睬，而是埋下头手忙脚乱地捣鼓起我买来的那些东西来。我看到挂在墙上的水和干粮并未被动过，并且吃惊地发现他将两部崭新的手机拆开，取出了主板和芯片。原来他并不是要用手机联系谁，而是要利用其中的零件，他似乎要制造什么东西。在路上时我就猜测他是个不愿透露身份的发明家或者科学家，他正在外出检验隐身衣的可靠性。眼下的一切更能印证这一点，他一定要用这些零件来修复受损的隐身衣。

不知不觉间，天色已经完全黑了下来，沉沉的夜幕笼罩了一切。陌生人对我说："我需要彻夜工作，你最好回去休息，等天明后再过来。你瞧，你的树屋很小，你在这里会影响到我的实验。"

我虽心有不甘，但也只能够依他所言行事，他再一次嘱咐我要保守秘密。

匆匆吃过晚饭，我终于在辗转反侧中睡去了。虽然心存疑窦，但剩下的500元钱真真切切地躺在口袋中，有了它们我就不必再到董超的茨园中受苦受累了。

两只大公鸡的啼鸣扰醒了我，窗外晨光金灿，雨早已经停了。我一个筋斗翻起来，急匆匆地朝树屋跑去。

眼前的情形令我大吃一惊，仅仅一个晚上，陌生人就变得鸠形鹄面。他的面颊深陷，颧骨凸出，皮肤干涩晦暗，腿部和腹部也像被放掉了空气的气球一样，分别瘪了下去一大块。

"你得接受治疗，你得看医生，我这就去帮你找医生！"我惊呼道。

但他伸出手来抓住了我的胳膊，他示意我坐下，气弱声嘶地说："时间很紧张，我没想到自己的情况会恶化得如此迅速，因此你得帮我做一件事情，这件事事关地球文明的安危。”

我吓了一跳，满腹狐疑地望着他。

他点点头，郑重其事地说：“我来到地球是为了拯救你们的文明，你们的文明有很大可能被拯救，起码一切都来得及。”

我一头雾水，结结巴巴地问：“你……你来到地球？”

他肯定地回答：“我不是一个疯子，也并没有因为受伤而神经错乱，我的确来自另一个文明，那是一个遥远的世界。我们的文明正在急速衰退，正在走向衰亡。造成这一切的不是终极的武器，也不是可怕的世界大战，而是貌不起眼的电子游戏机。”

“什么？”我脱口叫道，仿佛听到了蛋糕会咬人。

他神色平静地说：“你们最早的电子游戏机是《任天堂》和《红白机》，你们最早的电子游戏是《双人网球》和《电脑空间》。同你们的文明一样，我们在演化和发展的过程中也忙里偷闲开发出了简单的电子游戏用于娱乐和放松。我们没有想到第一台电子游戏机的问世实际上就已经敲响了文明走向衰亡的丧钟。

“随着技术的发展，地球上后来又有了PC-Engine、N64、Dreamcast、PS2、Xbox等更为复杂的游戏机和《超级马力欧兄弟》《魂斗罗》《赤色要塞》《星际争霸》《魔兽世界》等更为逼真的游戏。我们的文明经历了相似的进程，不断翻新的技术被运用到电子游戏中，令其更加丰富逼真，更具有趣味性和挑战性。在游戏的虚拟世界里，人们可以放心大胆地去厮杀、格斗，去攻坚克险，他们获得了在现实世界中难以获取的体验和成就感。

“后来，虚拟现实技术和VR装备被研发出来，它们也被运用到游戏中，开启了电子游戏的新时代。通过VR装备玩家们能够通过逼真的视觉、听觉与触觉，身临其境地进入到计算机营建的三维虚拟世界中。毫无疑问，越来越生动逼真的游戏让一部分人沉湎于其中不能自拔，但总体而言，电子游戏并没有对现实社会和现实文明产生实质性的影响，原因很简单，那些虚拟现实游戏虽然算得上栩栩如生，但它们的容量只有几百个G，无法纤毫不爽地模拟真实世界，人们还是能够将其与真实世界区分开来的。”

我点了点头，陌生人真是个游戏的行家。

讲到此处，他的脸上密布愁云：“后来量子计算机的诞生改变了这一切，比起以串行处理为基础的传统计算机来，基于量子叠加态原理，能够进行并行处理的量子计算机拥有了近乎无限的计算机能力、存储容量和处理速度。量子计算机创造出的虚拟世界拥有无可比拟的逼真度和浸没感，其间的一草一木、一砖一瓦都同现实世界中的毫无二致。如此一来，玩家们根本分不清哪个世界是真的，哪个世界是假的了。

“越来越多的人涌入到量子游戏中，他们足不出户就可以游历名山大川；他们可以在游戏中选择不同的角色，从事不同的职业，体验不同的人生，实现在现实世界中难以完成的愿望；他们也可以在量子计算机营造的异星世界中建立功业。量子游戏就像是一株美丽的罂粟，让人们深陷其中不能自拔。它对现实世界产生了灾难性的影响，孩子们不愿再去学校，成年人们不愿再去工作，几乎每一个人都如痴如醉地躺卧在量子游戏机前，整颗行星变成了一个死气沉沉的世界，社会生产几乎全部停滞。

“没有社会生产就没有生活资料，所有人都将在饿困中死去，文明也将就此枯萎凋零。意识到问题严重性的议会决定扭转这一局面，然而一切为时已晚，沉湎于量子游戏中的玩家们根本不愿再回到现实世界中，比起现实世界来，那些栩栩如生、多姿多彩的虚拟世界更具吸引力。他们甚至投票解散议会，要在虚拟世界中成立自己的议会。

“万念俱灰的议员们只能力所能及地完成最后一件事情，那就是向有可能孕育出高等文明的邻近恒星系发送数十艘尘埃探测器，提醒那些世界里的智慧生命，量子计算机是文明的分水岭，更是终结者，一旦量子计算机问世，文明就注定要衰亡。议会希望其他文明能够吸收我们这个文明的血的教训，杜绝量子计算机的诞生。”

我再一次迷惑地盯着陌生人，他明白了我的意思，开口说道：“你一定在怀疑我是否真的是一个外星人；如果我是外星人的话，为什么会拥有地球人的体型与容貌？还有，既然外星文明发射的是尘埃探测器，我这样的大块头怎会搭乘它而来？”

我下意识地点了点头。

他耐心解释道：“你一定对相对论还不甚了解。要进行恒星际航行必须让探测器达到亚光速，而探测器一旦达到亚光速，其自身重量会变得无比巨大，所需燃料也会格外惊人。因此探测器的质量要越小越好，并且只能是无人的袖珍型探测器。抵达地球的是第九号尘埃探测器，它拥有自我复制和制造准生命体的能力，它攫取周围的元素复制出成千上万个自己，然后分头行动继续攫取各种类型的原子，用它们堆砌出容貌酷似地球人的半电子半生物的准生命体，也就是我，拯救者九号。发往其他行星系的尘埃探测器也具有这一功能，目的就是能够混迹于当地的智慧生命之中，一方面便于调查量子计算机是否已经诞生，另一方面便于进行干预性行动，尽最大可能阻挠或推迟量子计算机的成功研发。”

我从未听说过量子计算机，一台价值数百元的二手手机对我来说都是奢望。我再次仔细端详陌生人，终于明白他的面孔如此周整、如此标准的原因，他并不是真正的人类，它是一个半生物体。我变得激动而紧张，不管怎么说它是来自于外星球的生命。我有些语无伦次地问：“那么地球……上有量子计算机……有量子游戏了吗？”

我只玩过《王者荣耀》《传奇》《第二人生》这样的游戏，我想象不出那种叫人难辨真假的量子游戏究竟是什么样子。

陌生人回答："暂时还没有，不过地球文明已经危在旦夕了。制造量子计算机最大的困难是解决超导粒子的退相干问题和量子错误问题。[①]人类迟迟没有解决这两个难题，不过一所理工大学里的一名天才教授已经摸索到了解决问题的路径了，至多需要10年他就会彻底攻克难关，量子计算机就会正式出现在地球。量子计算机诞生于世的那天就是地球文明倒计时启动的时刻，因此我必须进行干预，我得防患于未然，最保险的办法就是杀死那名教授。"

"什么？"我吓了一大跳。

陌生人继续说："经过连续的跟踪和侦查，我了解到教授将到西部观光和休假，其中的一项安排就是参观枸杞园。我实地调查过了，密密匝匝的枸杞园是最佳的伏击地点，躲在枸杞树后可以轻而易举地用激光枪将他蒸发。我带着尘埃探测器用原子堆砌出的隐身衣和激光枪提前来到了这里，找寻最佳的潜伏地点。没想到的是，我遭人袭击，隐身衣和激光枪都毁坏了。所幸的是，我利用地球上的元件修复了激光枪，它的功率虽然已经大打折扣，但其威力仍足以将教授化为灰烬。教授明天就会来到枸杞园中，他的特征很明显，秃头驼背，而且他的姓名很奇怪，叫完颜亮。我本来要亲自行动的，但我的情况迅速恶化，支撑不到明天了。尘埃探测器们在制造出我、隐身衣和激光枪后就全部自我分解了。它们不能被人类发现，哪怕只有一个落入人类手中，他们也会进行逆向

①要实现指数级的并行计算，就需要保持量子计算机的所有超导粒子之间保持相干性，即它们彼此之间都有量子纠缠效应，但超导粒子阵列会同周围环境产生作用，导致其量子纠缠效应的消失也就是退相干。量子计算机在进行并行运算的过程中会产生巨大的热量，且量子纠缠效应也会产生波动，它们都会造成计算错误，统称量子错误问题。

解译、获取技术的，而尘埃探测器的中枢恰好就是袖珍量子计算机。因此，不会再有第二个我被制造出来执行任务，为了地球文明的延续，你得帮我去消灭完颜亮教授。”

陌生人果真从身上拿出来一把模样奇怪的激光枪，并比画着教授我如何使用它。我哆哆嗦嗦地抱着枪支，而他的情况越来越不妙。他的肚子上和腿上的凹坑越来越大，耳朵耷拉了下来，面部也开始出现凹陷。他努力扬起一只手叮嘱我：“明天早上10点左右，完颜亮教授就会来到枸杞园中，就是你摘枸杞的那个园子。你一定要提前躲在那里出其不意地向他开枪！你千万不要犹豫，这事关人类文明的存亡！我跨越星际而来就是为了拯救人类文明，我们不能眼睁睁地看着一个文明重蹈覆辙。记住，千万不要犹豫，要当机立断，一旦错过时机，你就会成为毁灭人类的罪人。”

陌生人话还没说完，就塌落在木板上。紧接着，他就像是很久之前中国的一本小说《鹿鼎记》中，被撒了化尸粉的海公公一样，在一阵蒸腾的雾气中逐渐消亡，化为液体。到最后，连木板上的液体也几乎蒸发殆尽，只剩下一些若有若无的痕迹。

我目怔心骇地望着这一切，全身掠过阵阵冷意，像害了伤寒一般剧烈地哆嗦起来。此时此刻，充盈在我心间的除了悸恐还有震惊。之前我对陌生人的身份和他所讲述的一切还尚存疑虑，眼下我相信一切都是真的，没有哪个普通人能够蒸发得一干二净。另外，手中的不算沉的激光枪也是铁的证据。

一切就像是一场梦，那个自称为拯救者九号的外星生命体仿佛从未来过，从未出现过。眼下就算我将有关他的一切告诉别人，也没有谁会相信的。

我从树屋昏昏沉沉地回到了家中，一整夜辗转反侧、难以入眠。我真的要担负起拯救人类文明的重任，向天明后到来的教授开枪吗？可我就连一只青蛙也不忍杀死，哪怕它瞬间就被消灭，完全没有痛苦。

太阳才不会管我有多么心事重重，它依照正常的节奏升了起来。我依旧昏昏沉沉，昏昏沉沉地将激光枪装进书包里，又昏昏沉沉地向董超承包的茨园走去。一路上，我不停地劝说自己：兴许量子计算机并不会毁灭人类文明，甚至发生在拯救者九号的星球上的事情只是特例。尽管如此，我仍旧步履沉重地来到了茨园里，蹲身于一棵枝叶繁茂的枸杞树下。

正如拯救者九号所言，大约十点半的时候，茨园老板董超和另外两人陪着一位略显驼背的秃头男人走来，董超将他称呼为“完颜教授”。

我躲在枸杞树下将激光枪掏了出来，并且瞄准了他们，但我始终没有勇气扣下扳机。最终我将激光枪塞回书包，发疯般地狂奔起来。我一口气跑到了一千多米外的河边，将激光枪抛进了川流不息的河水中。做完这件事后，我趴在河滩上号啕大哭，我知道如果有一天全体人类真的沉溺于难辨真假的量子游戏中不能自拔，人类文明真的走向衰亡的话，我将是十恶不赦的罪人。我有幸遇到了来自外星文明的拯救者九号，却又错失掉拯救地球的机会。可老天作证，我只是做出了一个心地善良又缺乏人生经验的学生唯一能够做出的选择。事已如此，我只能静候10年之后，看拯救者九号的预言是否成真。

后来，那500元钱也被我丢进了河里。我再也不去董超的茨园里摘枸杞挣钱，我不会再买手机，也不会再玩电子游戏，这么做算是一种赎罪，多少能够减轻我心中的罪责感。如果电子游戏真的能够毁灭掉一个世界、一个文明的话，起码我要率先远离它。

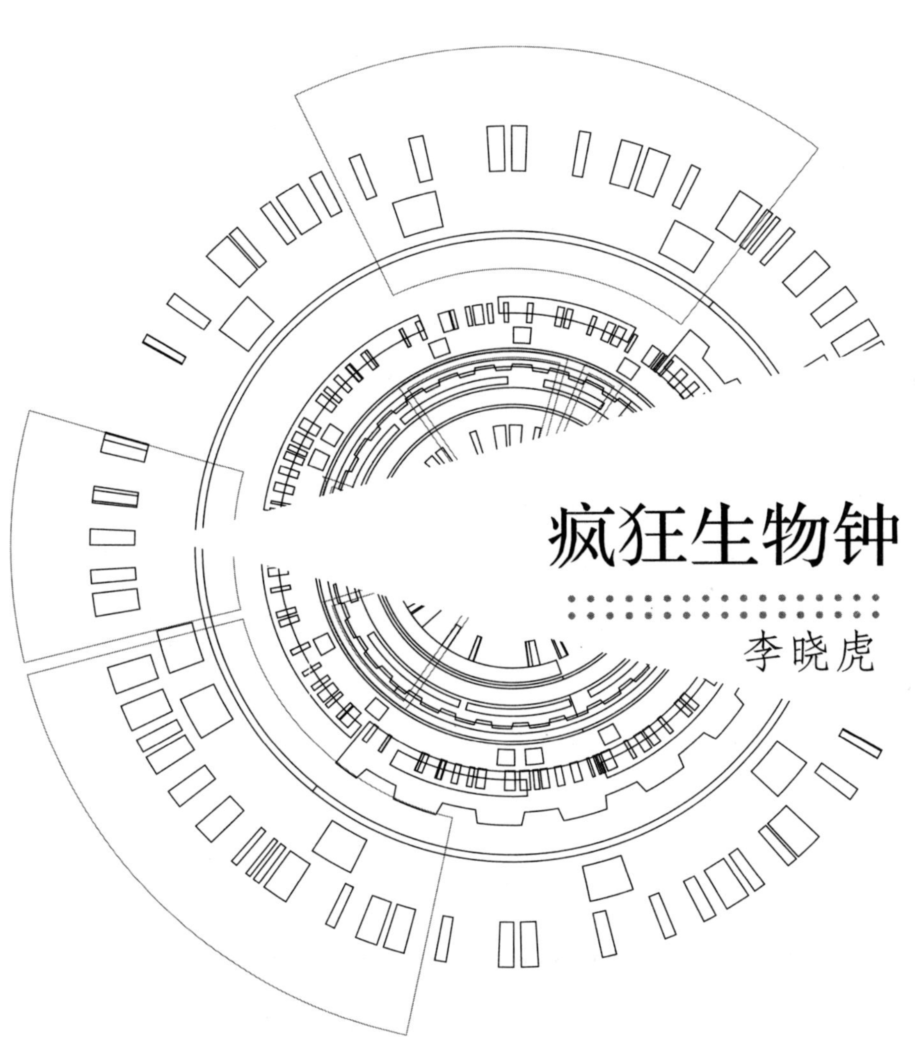

疯狂生物钟

李晓虎

一、放假了

早上6：50，李小坏准时睁开了眼睛，然后上厕所、刷牙、洗脸。当他坐到餐桌上的时候，意外的事情发生了——桌上除了一张印着鲜花和水果的桌布，空空荡荡。难道今天就吃这些二维状态的水果吗？他有些暗暗的欢喜，却不免又有些着急。

“爸爸，今天不用吃早饭？”他大声问道。

厨房里静悄悄的，没有人回答他，也听不见任何声音。他过去看了一眼，没人。他推开爸爸妈妈的卧室门，发现他俩竟然还没起床！

“爸爸，我上学要迟到啦！”他皱起了眉头。

爸爸连看都没看他，翻个身，说：“今天放假啦，上什么学呀？”

李小坏脑子里“嗡”的一声，反应了过来——是呀，今天是暑假第一天，可我怎么这么着急上学呢？而且，脑子里有个声音一直在催他“吃早饭，吃早饭，吃早饭……”他平时最烦吃早饭了。

“可是，爸爸，我必须吃早饭，必须去上学！”李小坏紧张地说。

“别闹啦，你再睡会儿去。”妈妈睡意蒙眬地说，“好不容易睡个懒觉，啊……”妈妈长长地打了个哈欠，把“啊”字发出了四种声调。

李小坏愣住了。平时都是爸爸妈妈一个劲儿地催他干这干那，今天却反过来了！

不过也难怪，毕竟今天也是周末嘛！

“那我玩一会儿。”他开心地说。

他把玩具小人儿分成两队摆在客厅里，指挥它们打仗。其中两个小人儿被放在遥控汽车上，分别当作两支队伍的将军。

可是，还没怎么玩，他脑子里那个声音又在催他了。他再次推开爸爸妈妈的屋门，说："我要吃饭！"

爸爸下了床，一边往外走一边说："那给你煎个鸡蛋，再吃些面包算了。"

李小坏很快吃完了。他穿好校服，背上书包，准备出门。爸爸坐在餐桌旁，一脸疑惑地看着他，说："你真要去上学呀？已经放暑假了，咱们今天还要坐火车去爷爷奶奶家。"

李小坏委屈地看着爸爸，眼泪都快流出来了："我也不想去上学呀，可是你们给我弄的那个生物钟不就是每天按时上下学吗？"

爸爸无奈地用手掌抹了把脸，说："那今天就算请假吧。"

给大脑做手术，调整学生的生物钟，这是最近流行的事情。从前那些做事拖沓、三心二意的学生，在做了手术之后能严格按课程表的安排集中精力去上课，起床起得利索，睡觉也能准时。这样一来，爸爸妈妈和老师们就轻松多了。周末也没问题，生物钟可以设定一周休两天，也可以设定周末上课外培训班。但是寒暑假不像一周七天那样是连续性的有规律的循环，现有的技术还没办法单独设定这一段时间的生物钟。

唉，明明是放暑假，偏偏要算请假，这得多亏呀！李小坏心里想。可就算是"请假"了，李小坏心里也惦记着上课的事，不上课他心里难受！爸爸没办法，只好给他一个平板电脑，让他上网课。好在网上的免费资源很多，李小坏就按照平时的课程表自己看了起来。这跟他从前动不动就玩游戏、看短视频可真是天差地别呀！妈妈看他这么爱学习，心里真是高兴。可就是有一点她觉得不好，老看电子屏幕坏眼睛。

二、哥哥姐姐救救我

每年一到寒暑假，爸爸都会把李小坏送到爷爷奶奶家。跟爷爷奶奶在一起，李小坏无拘无束，还能跟堂哥和堂姐玩，他觉得那就是他人生中最幸福的日子。今年也不例外，爸爸早就买好了车票。可是，今年李小坏的心情很复杂，他既怀着巨大的喜悦归心似箭，又为不能去学校而焦虑纠结。他恨死这个生物钟手术了。

“也许你跟哥哥姐姐一玩儿，就把上学这件事给忘了。”爸爸说。

爸爸专门打电话给做生物钟手术的医院询问，医院给出的办法就是这个——玩。他们说，生物钟的形成跟习惯有很大的关系，玩成习惯，生物钟很可能就变了。可是，要是玩一暑假真把生物钟给改了，开学后怎么办呢？爸爸不由生出了疑问。难道再做一次手术吗？那儿子的脑袋怎么受得了？对方给出的药方，仍然是——习惯，习惯了上学的节奏，生物钟自然又会恢复到从前。

“习惯，习惯，既然习惯就能解决，那我儿子做手术干什么？！”爸爸怒气冲冲地说。

“都怪我妈！”李小坏也很生气。

“怎么都怪我了？人家别人都做了，就你不做，你的成绩能跟得上呀？”妈妈也上了火。

“好了好了，都怪我。”爸爸开始息事宁人，“我觉得他们说的也有道理，还真是习惯的问题。小坏今年提前一个礼拜回来，咱们提前恢复上学的生物钟。”

李小坏不开心，但不开心也只能这样。

尤其让他痛苦的是，在高铁上他也得拿着平板看网课——尽管他更想玩一会儿，或者睡一会儿，但是他做不到，生物钟牢牢地控制了他。他觉得，到了爷爷奶奶家也不见得能调整过来，就算调整过来可能也到快开学的时候了。

出租车停在小区门口，小坏等不及爸爸付完费，就下车冲了进去。他一边跑一边喊："爷爷奶奶……爷爷奶奶……"到了爷爷奶奶楼下，他又加了一句话："爷爷奶奶……快来救我……"

爷爷开了门把他迎进去，他开口便问："哥哥姐姐呢？"

爷爷说："哥哥姐姐都在开会呢。"

李小坏愣住了："开会？开班会吗？"

奶奶从厨房出来，笑呵呵地说："开什么会呀，就是上课呢。"

"啊？那他们什么时候下课？"

"哦，姐姐早，姐姐六点半，哥哥八点四十。"爷爷说。

李小坏只好自己玩儿——三点半以后，就是他的自由时间了。

爸爸上了楼跟爷爷奶奶聊天，李小坏这才知道，这一暑假哥哥姐姐都得上校外培训课。

"不是假期不能上校外培训课了吗？"李小坏不解地问。

"所以才叫开会么。"爷爷说，"线上培训软件都被禁用了，他们就用会议软件来上课。上完课还得写作业，你姐姐天天写到夜里十一点多。"

"啊？我还想让哥哥姐姐救我呢……"李小坏都快哭了。

姑姑跟爷爷奶奶住一个小区，大伯家住得也不远。快吃晚饭的时候堂姐来了，她一来就说自己只能玩一会儿，要不然作业写不完。她不光有学校留的暑假作业，还有培训班的作业。大妈对她抓得很严，因为明年就要中考了。李小坏问堂姐她有没有做生物钟手术，堂姐说："我做那个干吗呀？我都这么大了，自己能安排了时间。"李小坏心里就很纠结，虽然自己现在没姐姐那么忙，可是这个生物钟很烦人；等自己也上了初中，应该就不需要这个生物钟了，可那时学习任务会更重，自己什么时候才能痛快地玩呀？

堂姐安慰他说："你应该这么想，和姐姐比，'我'现在幸福多了，等'我'上了初中，说不定爸爸妈妈不报这么多班呢。"李小坏心里一想，也是呀，不由得开心起来。

听堂姐说，她们学校其实也有做生物钟手术的，就连大学生都有，因为这些学生上课爱睡觉，不做手术不行。"我可救不了你。"她无奈地对李小坏说。

吃完饭，俩人玩了半个小时，堂姐就回去了。李小坏在奶奶的劝阻声里跑去找堂哥玩，堂哥正在上课，他就牵着姑姑家的大狗朵拉下了楼。堂哥的课排得很紧，连吃晚饭的时间都没有，中间只是抽空啃个面包或者吃碗方便面。等堂哥下了课，俩人开心地玩了20分钟，生物钟又对李小坏下了命令——该睡觉了。李小坏强睁着眼皮想继续玩，大脑却不听他的使唤，自动就休息了。等李小坏再次睁开眼，他又紧张起来："爸爸，我得赶紧吃了早饭去上学！"

那就还是上网课吧。

爸爸上午就坐车走了。中午堂哥过来跟李小坏玩，告诉了他一个消息：有的小诊所能偷偷给学生解除生物钟的限制。

李小坏不假思索地说："那你带我去！"

三、地下诊所

堂哥带李小坏坐公交车来到一个居民小区，进了一栋楼的地下一层。这里空间很大，有几家音乐、体育培训学校。拐来拐去，他俩来到了一间诊所门前。一块霓虹灯牌子上写着：全智健半地下儿童诊所。李小坏感叹："果然是地下诊所啊！"诊所里面很宽敞，干净整洁；大厅里坐着一些候诊的大人和孩子；墙上张贴了好多宣传画，都是讲小孩子应该怎么喂养和吃饭的。看了那些画，李小坏不由想到，妈妈让他吃什么东西的时候都会说："这个必须吃，有营养！"

有个全息投影的"护士姐姐"踩着机器底盘滑过来，微笑着问道："两位小朋友，请问你们预约了没有？"

正在变声期的堂哥粗声粗气地说："没有哦，我们就是先来问一下，我弟弟的生物钟……"

"护士姐姐"抢着说道："哦，是不按时吃饭是吧？小朋友是不是爱吃零食呢？呵呵呵，来，我先带你们去预诊室了解一下情况。"

堂哥说："不是……"

"护士"说："呵呵呵，没有家长陪同的小朋友是不能看病的，只能先让医生登记一下。"

堂哥无奈地笑笑，还要再说什么，李小坏摇了摇他的胳膊，小声说："'她'不让你说话。我感觉好诡异啊。"

堂哥说："嗯，我知道了。"

"护士姐姐"把俩人领进一间诊室，对坐在里面的医生说："他俩问生物钟的事。"

医生点点头，“护士姐姐”走出去，门自动关上了。

医生开口问：“你们怎么知道这里的？”

堂哥说：“我同学来过。”

医生问了堂哥同学的姓名、年龄和电话，在电脑上查了查，然后对李小坏说：“是你做过生物钟手术吧？”

小坏说：“你怎么知道？”

医生说：“你早就该吃午饭了，但一直没吃，生物钟就催着你吃，所以你现在不光饿得脸色发白，腰挺不直，还被生物钟逼得有些紧张。你这样的我见多了。”

小坏说：“那你帮我把生物钟调过来，我想干什么就干什么，不听它的。”

医生说：“你有钱吗？5000块。”

小坏没那么多，他只有800多块钱的压岁钱。堂哥说，他也只有1000多块。医生很不情愿地表示，看在小坏这么可怜的分上，可以2000块钱给他做一次。小坏用电话手表扫码付了钱，医生让他躺到一张床上，在他头上套了个像头盔一样的东西。跟上次做生物钟手术不一样，上次医生还在他脑袋后面开了个小口子呢。头盔里有支架夹住了他两边的太阳穴，有块软绵绵的东西托住了他的后脑勺。一会儿头盔面罩上闪起光来，绕着他的脑袋一圈圈地转着。后脑的东西渐渐发热。小坏闭上眼，仿佛晕了一小会儿。等他醒来，转动的光圈不见了，脑后仍然软软的热热的。医生把头盔摘了，说：“好了。”

这么简单？小坏心里一阵轻松。

“怎么样，你还紧张吗？”堂哥问。

李小坏摇摇头。

“不着急吃饭、不着急上学了？”堂哥又问。

李小坏说：“什么也不着急了。”

堂哥说："我同学做过的，错不了。"

两个人高高兴兴地回了家。这一天，李小坏果然再也不想上学的事了，尽管哥哥姐姐不能陪他，他也一个人跟大狗朵拉玩得很开心。等堂哥上完网课，他又跟堂哥一起玩了好长时间，快十一点了才不情不愿地回到奶奶家，洗澡睡觉。

可是，他睡不着。他让爷爷讲故事，爷爷讲完了，他还是很清醒。他自己数羊，数得上万了，也仍然没有睡意。他翻过来覆过去，折腾了半天，后来干脆拿了平板电脑看起小说来。这一看，就看到了天亮。

早上爷爷醒来，看见李小坏双眼通红地在看平板电脑，吃惊道："你什么时候醒来的？"李小坏说："我根本就没睡。"爷爷催他再睡一会儿。他放下电脑，闭上眼睛，还是不想睡。爷爷没办法，只好由他起来。

到了晚上，爷爷特意让李小坏早点睡。李小坏躺在床上，又烙了半天饼。看看又快半夜了，李小坏还是睡不着，爷爷只好让他吃了半片安眠药。这药还真管用，李小坏不知不觉就沉入了梦乡。

这一觉，李小坏一直睡到了第二天中午还没醒。爷爷以为他头两天缺觉了，叫了叫没叫起来，就由他继续睡。结果到傍晚了他还不醒，爷爷奶奶就都着急了起来。他们让小坏的姑夫开车把他送到医院，医生检查了一下，也没查出什么异样来。大家这下真慌了，都不知道该怎么办。医生又给小坏做了个脑部CT检查，结果出来发现是下丘脑有损伤，身边的人却谁也不知道这伤是怎么来的。姑姑给堂哥打电话，问他跟小坏玩的时候小坏有没有磕到头。堂哥说没有，大家便以为小坏可能是在跟狗玩的时候不小心摔到了。医生安排小坏住了院，却也不能保证他什么时候能够醒来，家里人就心急火燎的，跟着睡不着觉。

堂哥上完网课，犹豫了半天，才给姑姑打电话，说："妈妈，小坏不会是生物钟坏了吧？"姑姑听出了玄机，说："你马上过来！"

医生了解到小坏做过生物钟手术，又去地下诊所调整过，就知道了症结所在。他们给小坏做了个小手术，给他吃了些药，小坏又睡了三天，便醒来了。

四、习惯成自然

醒来睡不着，睡着醒不了，真是太难受了。好在这次手术之后，李小坏的生物钟基本恢复了常态——就是第一次做生物钟手术之前的样子。李小坏吃够了被生物钟强制做事和生物钟紊乱的苦，他再也不想过这两种极端的生活。爸爸妈妈也很后悔，他们觉得从前的做法太过于拔苗助长了，所以才会发生后来的危险。他们决定亡羊补牢，还是尊重人体自然的规律，培养李小坏良好的生活和学习习惯，让好习惯塑造健康的生物钟。爸爸妈妈和李小坏一拍即合，开学以后，李小坏自觉地杜绝了自己的拖延症，爸爸妈妈也不再对他催促。习惯成自然，渐渐地，李小坏感觉自己拥有了崭新的生物钟——既能提醒自己规律地做事，又不让自己过于紧张焦虑。

爷爷对地下诊所给小坏带来的伤害非常气愤，他果断地报了警。警察查封了非法行医的地下诊所。这件事还上了新闻，在网上引起了大讨论。不久，国家出台了一项法律，禁止对人的大脑做非必要的改造，其中就包括生物钟手术。更多的孩子因此过上了正常的生活。

哦，对了，堂哥的大脑却因小坏而被“上了发条”，他在跟小坏视频通话的时候总是会不由自主地唠叨：“哎呀，什么时候才过年呀！”

当然，他知道什么时候过年，他只是等不及——过年小坏才能收到红包，小坏收到红包，才能还他钱。哈哈哈哈……

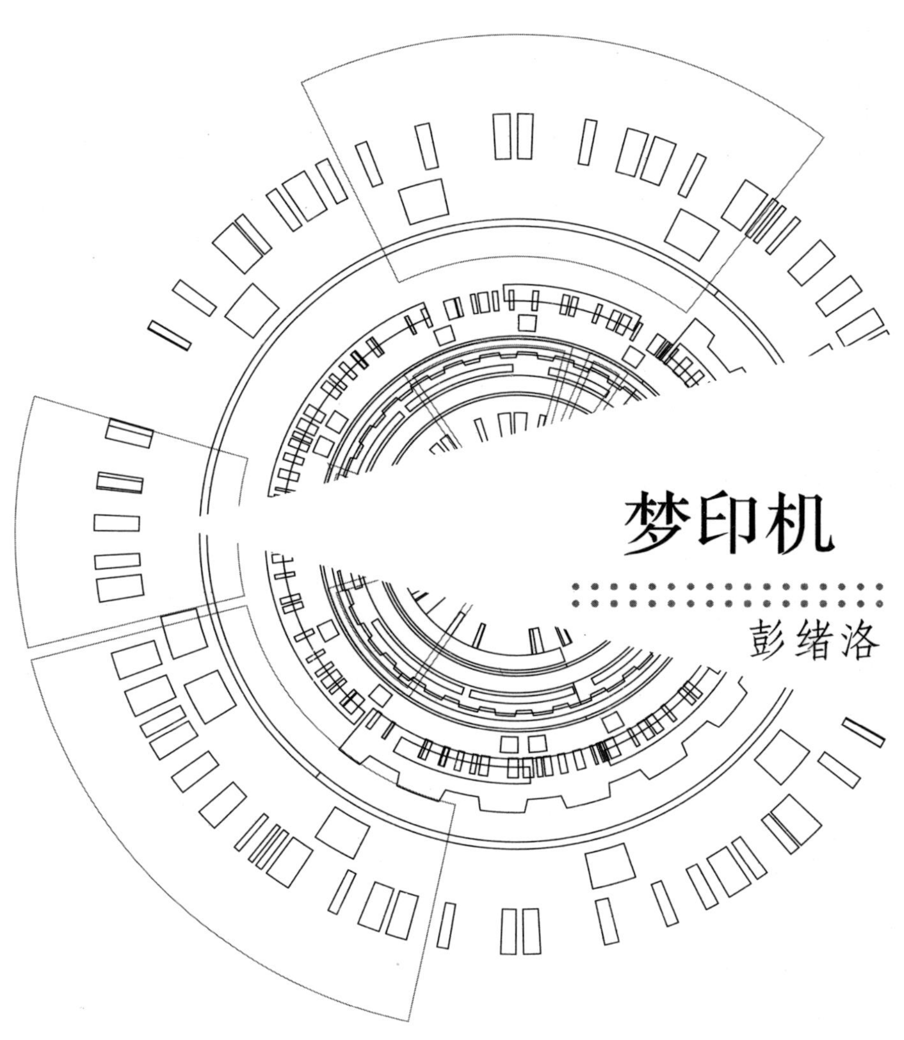

梦印机

彭绪洛

一、伟大的发明

这个电子产品，是无意之中发明和面市的。

我是一位作家，靠写故事活着，所以奇思异想至关重要。我写的故事中，那些惊险的、传奇的情节，除了很多来源于我的想象、真实的探险体验、真实的经历、听来的故事，更多的就是我的梦境。你没有看错，对，就是晚上做梦时梦到的那些奇奇怪怪的事情。

我专门在枕头下面放了笔和纸，每次从梦中醒来后，都第一时间记录下梦境，以便成为我创作的素材。

可是很多时候，我醒来后很快就想不起梦境了，相信大家也有这种遭遇。

于是，我把这个苦恼告诉了一个专门研究机器人大脑的科学家朋友，他叫柯文，当然不是大侦探家柯南的兄弟。他们研究所主要就是研制高仿机器人，最高理想目标是让人分不清是人还是机器人。他们研究所有专门研究机器人走路平衡问题的部门，有专门研究机器人反应能力的部门，还有专门研究机器人自我控制和自我修复的部门。

当柯文听说我的苦恼后，思索了一会儿，说他可以来想想办法，说不定可以帮上我。

我半信半疑。

半个月后，柯文叫我去他家里，说是有好消息。

于是我驱车前往，简单的交流之后，他给我一个小小的小布袋，说里面是专门为我研发的产品，还是实验品，让我拿回去试试。在柯文的解说下，我知道了布袋中有一个小小的感应器，要在晚上睡觉时放在枕头里，另有一个接收器需要回去插在电脑上，然后启动程序，通过家里的无线网就可以把他们连接起来。

柯文告诉我，这个产品的工作原理就是当我晚上睡着后，心跳会变慢，血压会稳定，呼吸也会减缓，这时感应器就会感应到我已经进入了睡眠状态。然后感应器自动激活，开始捕捉我大脑的思维和信息，同时传送到与电脑相连的接收器上，然后通过电脑程序转化和处理，最后在打印机上打印出来。

我听着有点天方夜谭，确实不敢相信这个小小的东西会有如此功能，但我还是拿回家按照柯文的操作提示进行了尝试。

第二天早上起床，我果然在打印机前面发现了多张打印出来的纸，上面有图像有文字，就像我小时候看的连环画一样，虽然有些天马行空，但非常有意思。

我仔细看了起来，再慢慢回忆，发现果真是我昨晚梦见的事情，很多我已经想不起来的梦境，都在纸上面清晰地记录了下来。

纸上的记录，也有一些断掉的地方，或者有一些不清楚的地方。我把实验的结果告诉了柯文，他说可能是因为感应器太小，有些时候没有和大脑接触到，就没有办法捕捉大脑的梦境，也有可能是梦境本来就是断断续续的。他让我几天后把设备拿过去，要做进一步的完善，并分析实验数据，然后进行升级。

几日后，我按照柯文的约定又去他家里找他，同时带去了设备。他把接收器插进他的电脑，然后进行了数据分析。

他在忙碌的同时，回答了我的一些疑问和不解。

这些天，我想了很多问题，比如这个设备能不能轻易读到其他任意人的大脑或者是梦境。柯文让我不用担心，说只有感应器与大脑保持零距离接触时才有效果，并且在他写的软件系统中，特定读取的前提是人进入睡眠。

至于他的感应器是如何读取人睡眠时的大脑的，这个系统是如何写出来的，他拒不回答，说这是核心机密，也是这个实验的重中之重，不可以对外解释原理，更不能公开程序代码。

我尊重科学家的知识产权，就不再多问，毕竟这是知识分子的命根子，我非常理解和支持。

柯文在我走的时候，给了我一套升级版的新设备。这个感应器已经被设计成一个枕头套，整个枕面上都均匀分布着感应器，我再也不用担心晚上翻身时脑袋会偏离感应器。

拿回来用了一晚后，发现果然完善多了，打印出来的梦境记录比原来的更加完整和清晰，更让人能够看懂了。

又经过几次完善和升级，这个设备性能更加稳定和强大。柯文最后把接收器和处理功能全部集成进了打印机中，这样一来就不需要电脑了。每天晚上的梦境通过感应器捕捉和收集后，直接被传输到打印机的接收器上，然后经过处理后打印出来。

我们给这个有趣的设备，取了一个好听的名字，叫“梦印机”。

二、发明改变了生活

梦印机确实对我的创作提供了极大的帮助。

在与柯文多次的沟通和交流中，我无意中听他说到，这个发明是他个人的智慧结晶，与他目前从事的机器人大脑研究项目没有关系，更不在科研所的研究计划之中。

我突发奇想，这个伟大的发明是不是可以从技术性发明转化成实用性发明，面向大众、服务更多的人群呢？

我把想法和柯文说了，他有些怀疑，这个发明会有人喜欢吗？或者说会有客户群体吗？我告诉柯文，虽然像我这种需求的人少，但是我们可以设计成娱乐创意电子产品，总会有一些好奇心很强的人，他们就是目标客户。另外还可以和治疗失眠的医院合作，读取梦境，分析梦境，根据数据来帮助病人。

这下，轮到柯文这个大科学家半信半疑了。

我写了一份商业策划书，把产品的特点、卖点，以及市场预期和宣传策略等都写了上去，然后通过网站发布出来，想寻找有兴趣的投资方来投资这个项目。

多日过去了，除了网上很多人不相信这个发明、说我是骗子，再无其他信息。

这我能理解，新发明出来前总是有太多的人不相信，甚至是怀疑，这也好比真理往往被掌握在少数人手里一样。

就在我准备放弃、不再抱任何希望的时候，有一家公司找到了我，说是对这个项目感兴趣，想找我聊聊。

对方说他们是家创意投资公司，专门投资这类的新兴发明创意，并表示非常有诚意，想买下这个创意发明，然后进行量产投放市场。

他们开出了一个非常有吸引力的价格，前提条件是要梦印机的源代码，也就是原始程序。我向柯文汇报后，他没有犹豫就拒绝了，说这不可能，并且有安全隐患，后果不堪设想。

我最初没有理解柯文的担心，但也不好多问，怕是他爱惜自己的发明，保护自己的知识产权。最后和投资方多次谈判后，我们达成一个协议：我们只给他们部分程序的源代码，最核心的部分——感应器是如何读取大脑的程序、接收器是如何处理梦境转化成图像与文字的——制作成成品芯片给到他们，他们无法修改和破解。

没过多久，梦印机被量产投放到市场。

令人意外的是，梦印机既不是娱乐产品，也不是治疗失眠的器材，而是作为一种神秘的工具且没有在市场上被大张旗鼓的宣传和推广，这产品就火了。

梦印机最后上市的成品，最初是枕头样式。各式各样的枕头，长的、圆的、方的、大人的、小孩的，当然颜色也是五花八门的，不同价格档次的，应有尽有。

他们在网上传播的宣传语是："你想知道自己的孩子晚上梦见了什么吗？""你想知道自己的爱人晚上梦见了什么吗？""你想知道竞争对手晚上梦见了什么吗？""你想知道领导晚上梦见了什么吗？"……

接下来，这个社会流行送枕头了，父母买给孩子的，下属送给领导的，同行业送给竞争对手的，热恋中的男女送给对方的……

没过多久，产品公司推出了升级款梦印机，他们修改了产品程序中非核心的部分代码。之前的产品，是在晚上睡着后，当心跳变慢、血压稳定、呼吸减缓时，感应器才会感应到使用者已经进入了睡眠状态，这时感应器才会自动激活。可现在的产品，只要使用者躺在枕头上，梦印机就会捕捉人的大脑思维和想法，源源不断地传输到终端打印机上。

这样一来，产品更火了。不仅原来的旧客户都来买了升级产品，还有许多新的客户主动购买。

一时间，孩子想什么都被家长知道了，领导想什么也被下属知道了，恋人想什么也被对方知道了，就连竞争对手的一些秘密，也都被同行的人知道了。

这一下，真有点乱套了。

事情还没有完，没过多久，产品公司又推出了新产品，可以读取大脑的床单上市了，可以读取大脑的靠枕上市了，可以读取大脑的眼镜架上市了，可以读取大脑的帽子上市了。

产品空前火爆，供不应求。

随着越来越多的人知道这个产品，使用这个产品，大家也开始害怕起来，都担心自己想什么被别人知道了。于是接下来，谁也不敢收枕头、靠枕、床单、帽子、眼镜之类的礼物了。随之配套屏蔽感应器的枕套、床单、帽子等商品也出来了。

梦印机的销量陷入了低谷。

过了一段时间，梦印机的新产品又上市了。

这次的新产品，有了更大的升级。首先是脱离了附属品，不再需要枕头、床单、眼镜架、帽子来伪装了，而是软软的、像棉线一样的纤维丝，可以放在枕头里，放在床单下面，放在帽子里，甚至放在发夹、头绳里，梦印机生产公司还自己发射了信号接收卫星和基站，他们可以更好地接收感应器信号。

他们把打印机也进行了升级。原来的接收器通过芯片把程序写进了打印机中，这作为核心程序他们无法修改和破解，于是他们在打印机里增加了一个新的系统，把接收到的大脑信息再转化成图片格式，回传到中央服务器，任何用户可以通过登录后台查看自己购买的设备所收到的信息。

一时间，梦印机又火了，并且火到了空前的程度。

听说，连国际上最厉害的特工也都用上了这款梦印机产品。

同时，整个社会开始人心惶惶，不再相互信任，开始相互提防、相互惧怕。

孤家寡人越来越多，流浪汉越来越多，甚至还有人躲进了原始森林里。

三、赎罪

看着原来温馨繁荣的社会成了现在这个可怕的模样，柯文和我都有一种负罪感。

我又去找柯文，把我的想法和担忧告诉了他，说这样下去我们生活的环境就全完蛋了，真没有想到创意开发公司会这样开发我们的产品，把我们的初衷全破坏了。

这一切不是我们想看到的。

柯文一个劲地叹气，不断地摇头，表情复杂。

我最后大胆地建议，我们有没有办法可以终止梦印机？不让这个害人的、可以偷人想法的工具再发挥作用？

柯文说理论上是可以的，但是对方买了我们的发明专利技术，这涉及诚信问题。

我问柯文，对不道德的人，甚至可以说是坏人，用得了讲诚信吗？再者，和拯救整个人类社会相比，哪个更重要？

柯文思考了很久，最后果断地说，是时候结束一切了。

原来，柯文设计的程序留有只有他自己知道，并且只有他一个人可以进去的后门。他通过网络把梦印机的核心程序修改了。以后，接收器再也接收不到感应器发出的信号，并且之前网络服务器接收到的数据也会立即被接下来的空白信息覆盖，这样之前的数据就会全部消失。

柯文操作完，长长地吐了一口气，轻松地说：最后要消失的就是你了，他们发现梦印机出现故障，不再正常工作，肯定会想尽一切办法找到你，好在你当时没有透露我的存在。你现在得想办法藏起来，不让他们找到你。

柯文说得对，现在应该消失的是我。

于是，我只能放弃一切有通信功能的电子产品，购置了新的衣服和探险装备，带着我的一些书、本子、笔，进到了前些年发现的一个世外桃源之地，开始了隐居。

什么时候才能出山，不得而知，我躲在哪里，只有我自己知道。

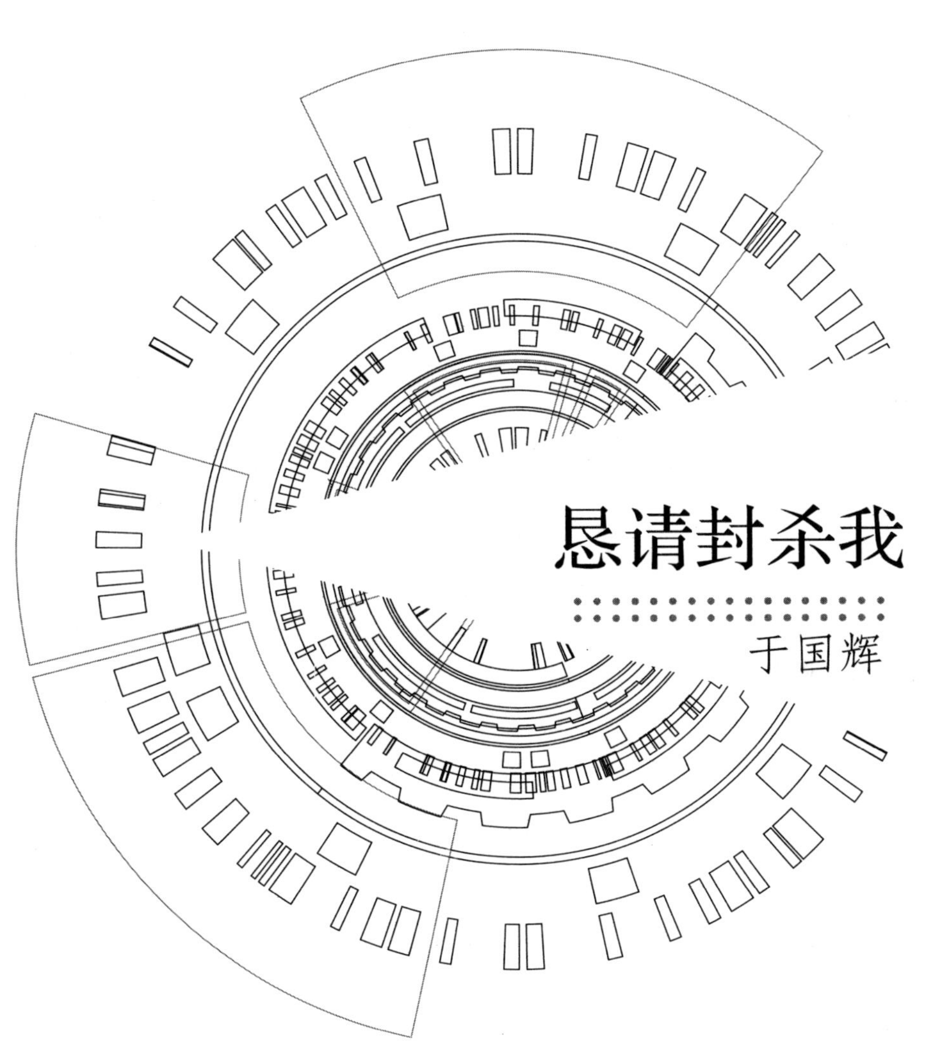

恳请封杀我

于国辉

恳请灵厅封杀我！

——不愿再接受小儿科任务的阿尔伯特敬上

在蓝星雷人特战队中央厅，厅长史蒂芬·灵捧着雷人特战B队队长这简短的请辞报告，微笑着摇了摇头。阿尔伯特还像以往那样，爱耍小孩子脾气，刚升任队长两个月便主动请辞。

“居里，交给你一项任务，三天之内把阿尔伯特劝回来。”灵厅说着又补充了一句，“记住，是劝回来。”

特战A队队长居里奉命前往说服，他很清楚，仅用“劝”的话，这的确可以称得上他执行过的最棘手的任务——他领教过阿尔伯特的固执和倔强。

直到第三天，心急如焚的居里借助智能定位系统才在一条僻静的小河边找到阿尔伯特。

“你竟然还有心思在这里钓鱼？”居里几乎是火冒三丈。

“怎么？你想让我对拯救迷路水牛、搜寻走失宠物狗这类的任务表现出十分留恋的样子是吗？你想让我对派给我这样任务的灵厅感恩戴德是吗？你想让我再次顶着‘小儿科队长’的头衔到处丢人现眼是吗？”阿尔伯特情绪十分激动，“灵厅面前的大红人，你也不用来劝我，不派给我高级任务的话，我绝不会回去。”

几天前，蓝外星伽玛机器人叛军再次暴乱，灵厅准备派居里而不是阿尔伯特去平息。正如居里所料，这果然是阿尔伯特此次请辞的导火索。原因很简单，两人同样都是刚升任的新队长，一个总能轻而易举地接到重大任务，一个却总要去执行小儿科任务。

“机会总会有的，”居里左右为难，因为他知道，灵厅同样是不会妥协的，“但前提是你要保证自己还待在特战队！”

“灵厅，我想和阿尔伯特进行一次公平的较量，所以……”中央厅里，居里恳求灵厅。

“我不同三岁孩子一样的队长谈条件，等他学会走路后，再和我谈跑的事儿吧！”外表柔弱的灵厅在做决定时从来没有丝毫犹豫。

正在此时，灵厅接到报告：机器人研发中心里，用来控制人形智能机器人的“中枢一号”装置被阿尔伯特带领的特战B队抢走。

“居里，怎么回事？”灵厅急切地望着居里，她知道居里肯定有事瞒着她。

“灵厅，我已经把平息叛乱这项高级任务的印符转给了阿尔伯特，只是……没想到他会去抢‘中枢一号’。”

“中枢一号”是蓝星人最初用来控制人形智能机器人中枢神经的特效武器，因副作用极大早已被禁止使用。居里没想到自己一时心软竟然导致如此严重的后果，为了弥补过错，他请求前往阻止阿尔伯特。

“即便阿尔伯特激烈反抗，也请对他手下留情。”临行前，灵厅却一反常态地嘱咐居里。这与其说是叮嘱，不如说是请求更为贴切。居里来不及细问原因，便匆忙赶往阿尔伯特即将出现的另一个地点。

星际宇宙飞船控制中心，居里刚刚派队员守住这最后一关，阿尔伯特便带领特战B队赶到。

“真没想到，你竟然选择用‘中枢一号’来证明自己的实力。”居里强压怒火质问阿尔伯特，“用这种手段来对付伽玛机器人叛军，蓝星人三年前就可以做到，还用等你？”

“居里，既然你把任务印符转给了我，就不要为我怎样去执行任务费心了！请不要阻拦我，否则——”苍白的劝说已经抵挡不住阿尔伯特急切取胜的攻势，“别怪我不客气！”

交火，不可避免地发生了。但双方队员们之间的交火不痛不痒，电磁枪从来没有真正击中过目标。

“队长！他们的人差点打伤我们的兄弟，为什么还不能用电磁枪还击他们！”

“他的队员们已经手下留情了！”居里叹了口气，“在这么近的距离内，还没有谁能在电磁枪下存活的！这个……”

“轰”的一声炮响！A队的电磁榴弹车被击毁——战斗终于升级！

两队队员极度震惊，都在寻找那位开炮者。正当居里要命令全面还击时，阿尔伯特突然从暗处闪了出来。

“居里，请别怪我，我是逼不得已才这样做的。”阿尔伯特说着，露出手臂上人形智能机器人特有的标志，“你应该认得这个吧？只要成功执行完这次的高级任务，我便能完成最后的升级蜕变，请给我一个机会！不仅是我，我的队员们同样如此！”

原来阿尔伯特他们都是人形智能机器人！在看到阿尔伯特手臂上的机器人标志后，居里愣了一下，他终于明白了阿尔伯特长期以来对执行高级任务孜孜以求的真正原因了——升至顶级，拥有同蓝星人一样的智慧！

既然被击毁的车中没有人员驻守，居里也不再追究了，默默地点了点头，答应放他们过去。但他没有被同情心弄昏头脑，坚持要阿尔伯特留下“中枢一号”。

正在双方僵持不下时，居里突然接到灵厅的命令：放行！

居里几乎是在一片茫然中执行灵厅命令的，等他清醒时，阿尔伯特已经率队抵达蓝外星，同叛军对峙了。

“哼！假惺惺地说什么来招降，有带着光子武器、电磁炮来招降的吗？”

“哦，原来居里每次真的都是用招降的方式来执行这种任务啊，哈哈……”阿尔伯特仰天大笑道，“睁开眼睛看清楚，我可不是啰里啰唆的居里队长！兄弟们，用‘中枢一号’向着那些蝼蚁们，尽情地开火吧！”

阿尔伯特几近疯狂。

然而，接下来不是激烈的交火声，而是一片寂静，阿尔伯特的队员们没一个愿意开火。

“队长，我们约定好的，迫不得已才动用‘中枢一号’的！这会让这些人形智能机器人连芯片都被毁掉，不可修复！”

“是啊队长，这对机器人来说是彻底的死亡啊！”

“为什么所有的人都要阻止我？难道你们不想升级到顶级人形智能机器人？”居里怒吼道。

“靠这种方式得来的扭曲心性的顶级智慧，我们不要也罢！”

气急败坏的阿尔伯特夺过他们的光子枪，驾驶着超能电磁榴弹车向前冲去。

战斗开始了。

在“中枢一号”的作用下，仅几分钟，阿尔伯特便击溃了叛军的防护，成功制伏叛军。

蓝星，飞船控制中心。

兴高采烈的阿尔伯特带着面无表情的队员们走下飞船。这项任务，居里迄今为止执行了不下10次，每次都暂时平息叛乱。然而这次，阿尔伯特却彻底铲除后患，并带队凯旋。

灵厅微笑着等在那里。

“阿尔伯特，你还是像以前作为一名队员时那样勇猛，仅凭一人之力便结束了整场战斗，这是居里没办法和你比的，看来，我没看错你呀！”

“谢谢灵厅夸奖，谢谢你能原谅我的任性！”

“我什么时候说要原谅你了！？”一向温柔的灵厅突然变得狂怒，“幸亏我把所有飞船调成了5D超仿真战斗模式，否则，你闯的祸可就大了。”

“什么？难怪完成任务后我的升级标志一点动静都没有，原来在蓝外星上的一切只是模拟……”阿尔伯特几乎是咆哮，“为什么！为什么你非要这样针对我！”

“私自行动，为达目的不惜采用任何手段！心性未定，我怎能对你委以重任？这你不懂吗？”

“长期以来，我就差一小步就能同你们蓝星人一样，登临智慧的巅峰，然而就是这一小步，你却一直不给我机会！这种痛楚，你这个蓝星人能懂吗？”

“我懂，正是因为我懂，所以我不允许你乱来！”灵厅说着挽起衣袖，她手臂上闪出人形智能机器人独有的标志，“模拟对战中，当你的队员集体背叛你时，我以为你能彻底醒悟，但你没有！心性达不到蓝星人的级别，如果强行拥有和蓝星人同等智慧的话，那对你、对蓝星人来说，都将是场灾难。这点，你一直没有懂！”

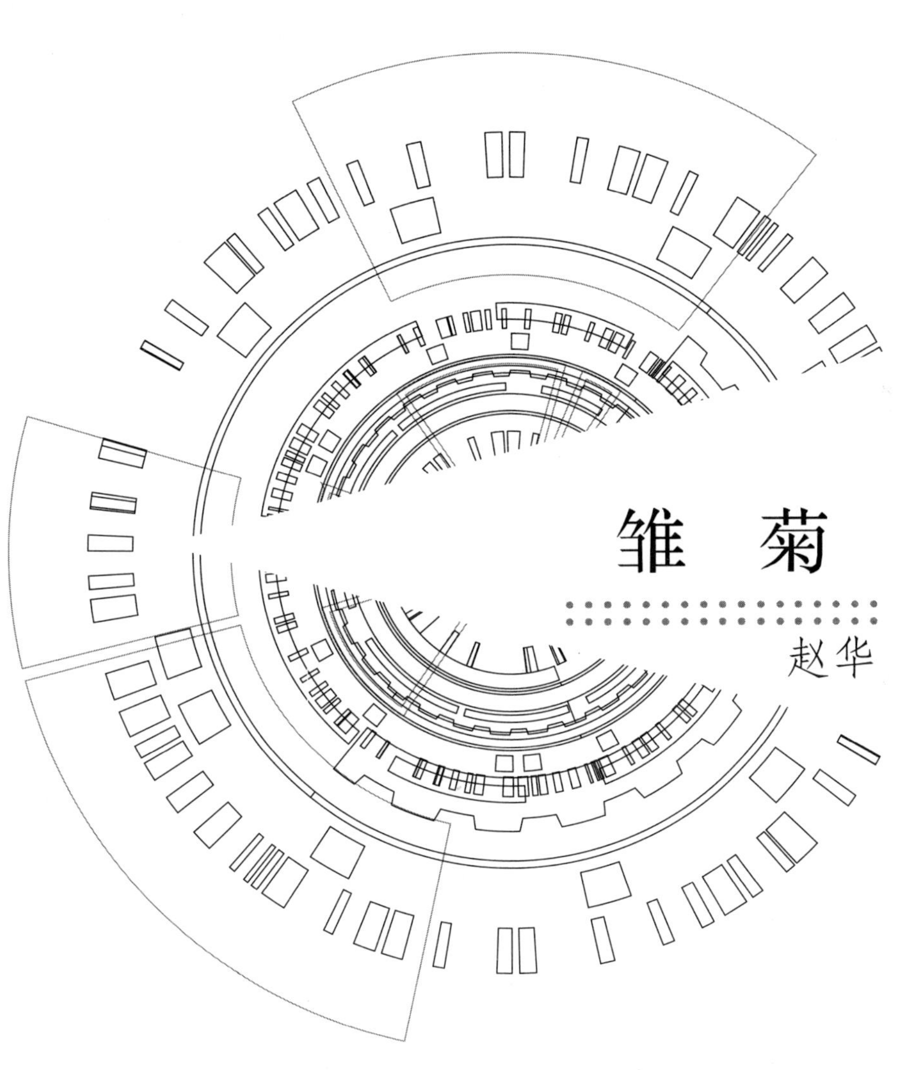

雏菊

赵华

它很虚弱，见到我后既没有惊慌失措，也没有孤注一掷做困兽斗。

我抱紧枪支，壮着胆子往前走了几步，果然，一股伤口化脓的味道扑面而来，在它的身下我还看到了大片干涸的血渍。

根据公司的规定，我要么将它押解回去，要么将它一枪击毙，不能让它再游荡于人类控制的地区之外。经验告诉我，我只有后一种选择，根据它身上帆布马甲上的洞孔判断，它至少中了两枪，它能够跌跌撞撞地逃到这里已经是个奇迹了。

我有些感情复杂地望着它，并且亮明了自己的身份："我是魔法龙生物科技集团指派的恐龙猎人。"

它没有吭声，下颌一直伏在地上，两只水汪汪的大眼睛漠然地望着我。我时常被它们的巨眼所震撼，明亮、深邃、幽蓝，宛若高山上的湖水和夏天的夜空。我敢肯定，如果它们站在星空之下，眼中一定会倒映出点点星光来。

我知道它这样的恐龙都会说话，那些神通广大的生物学家们修复了化石当中的早就失去活性并且变得残缺不全的恐龙基因，又运用上帝般的力量，在里面镶嵌进去了人类的基因片段。就这样，一个全新的物种诞生了，它们拥有6500万年前的先祖们的体型，同时还拥有相当于八九岁的人类孩子的智力。此外，它们的发声器官也得到了改造。

我面前的这条被通缉的雌龙原本属于富埒王侯的威尔逊先生，居住在威尔逊庄园里。作为威尔逊先生的委托者，我例行公事地说道：“根据《智龙法案》，你们不能离开自己所在的庄园，否则的话，魔法龙公司的恐龙猎人可以击毙你们。”

平心而论，向这头已经来日无多的恐龙开枪是件残忍的事情，可我就是靠此生活的。我只念到高中毕业，在人才济济的城市中根本找不到什么像样的工作，总算小时候跟随当猎人的爷爷学习的追踪本领帮上了忙，让我谋得了这份能够养家糊口的差事。

我喜欢追踪，但并不愿像爷爷一样成为一名猎人，在内心深处我并不希望他朝那些无辜的动物开枪，我觉得它们个个都很好看，有些甚至比人还要漂亮。世事弄人，我没有想到自己成年以后居然为生活所迫成了一名恐龙猎人。

雌龙不吱声，我一时不知所措，干脆蹲下身来把长枪放在一旁。枪柄压在了一棵金色的小花身上，我下意识地将它拿起来放到一边。这种小花我认识，它的名字叫作雏菊，从前跟爷爷在滩地里和山谷中跋涉时，经常能见到它们的身影，它们貌不起眼，却像星星一般闪亮。

“你也喜发（欢）……喜发（欢）雏菊吗？”

一个有些疲惫又有些吐字不清的声音吓了我一跳，我愣了几秒钟才意识到，它是身旁的雌龙发出的。

我本能地答道：“它很美丽，看着它就仿佛看着夏夜的星星。”

“我刚才担心，你费（会）踩到它呢。”智龙似乎被这朵茕茕无依的小花击中了心坎，它一反常态，又开口说道，“先生，你没有桑（伤）害到雏菊，你是个好人……”

我这样的一个恐龙刽子手居然被称为好人，这让我既汗颜又羞愧。

它努力把头抬起来一些，望着我说道：“我似（是）五年前被卖到威尔孙（逊）庄园的，那时候我还是一只小恐龙。”

智龙多少存在口齿不清和结结巴巴的问题，但能让它们同人交谈，这已经是不可思议的奇迹了，我们不能对魔法龙生物科技集团的生物工程师们苛求太多。

“后来我变成了成年的恐龙，我怀晕（孕）了，即将成为妈妈。”

我点点头，第一头智龙虽然产生于生物实验室，但如今它们拥有自然繁衍的能力，那些不可思议的智力和开口交谈的能力也具有了稳定的遗传特征。

雌龙继续说：“我希望拥有一个孩子，我想香（象）着它的模样，猜测它出生后是什么颜色。我还从威尔孙（逊）先生的两个孩子那里学到了一艘（首）儿歌，它的名字叫作《恐龙之歌》，我每天都练习唱这首歌，我要等孩子出生后给它清（听）。”

出乎我的意料的是，奄奄一息的雌龙居然真的轻唱了起来：

“小恐龙，小恐龙，动动你的身体。小恐龙，小恐龙，动动你的脑袋。小恐龙，小恐龙，动动你的胳膊。小恐龙，小恐龙，动动你的大腿。小恐龙，小恐龙，动动你的双脚。小恐龙，小恐龙，动动你的尾巴。小恐龙，小恐龙，请转一个圈儿。小恐龙，小恐龙，请快些坐下吧。”

这是一首简单却有趣的儿歌，我留意到唱这首儿歌的时候，雌龙居然没有念错一个字，仅凭这就能猜出来它多么喜爱腹中的孩子，为此不知反复练习了多少遍。

“小恐龙一定很喜欢这首歌。”我情不自禁地说。

“不，不，不，它重（从）来没有听到过这首歌。”我没有想到雌龙这样说。

“怎么？它夭折了吗？”我的心头一紧。

“它根本没有被生下来。”雌龙的声音沉甸甸的，能听得出来它很难过，“威尔孙（逊）先生有很多个孩子，他的一个孩子病了，是白血病，需要很多骨碎（髓），威尔孙（逊）先生要我提供骨髓。”

“让你提供骨髓，可是你只是一头恐龙呀！”我大吃一惊。

“我是定纸（制）的，我的身体里的人内（类）基因就来自那个得白血病的孩子。”雌龙回答说。

我一瞬间明白了，威尔逊这样的VIP客户完全有条件选择往恐龙晶胚中植入什么样的人类基因。他让生物工程师们植入了自己的一个孩子的基因，培育出了一头智龙，也就是我眼前的这头已经来日无多的雌龙。非常不幸的是，那位孩子患上了棘手的血液病，这类血液病至今仍没有比移植造血干细胞更好的治疗办法。威尔逊打算让雌龙成为造血干细胞的供体，让医疗专家们从它的血液中分离出没有排异反应的造血干细胞来。

捐献如此数量的造血干细胞必然会对雌龙腹内的胎儿造成严重影响，它将因为供血不足而产生发育上的问题。此外，处于孕期的雌龙和处于孕期的人一样，各种激素水平都异于平时，这种高水平激素对受体也有不利影响。如果威尔逊决心要让雌龙充当造血干细胞供体的话，恐怕她面临的选择只有一个。

果然，雌龙说道：“威尔孙（逊）先生要将小恐龙从我的肚子里取出来，他没有冬（通）知我，也没有同我商量，就让医生打针让我睡去……我醒来之后，小恐龙已经不在我的肚子里了。”

雌龙陷入沉默之中，我也沉默了，我能猜得出它的痛苦。在威尔逊的眼中，智龙一定只是一种价格较高的动物，只要能够买得起，就可以像普通的动物一样为之所用。

“后来我找到了它。”雌龙的声音将我拉回现实，“它被埋在了庄园边沿的一片苏（树）林下，我看到了一小片雏菊，就生长在埋它的地方，它们都是金色的……我每天都独志（自）来到那片雏菊前，为我的孩子唱《恐龙之歌》……”

我终于明白了雌龙为什么会开口说话并且对我敞开心扉了，是我挪开枪支保护雏菊的举动触动了它，在它的心目中雏菊早已是它那未出世便夭折的孩子的灵魂与象征了。

我的心里变得沉甸甸的，雌龙知道思念与痛苦，甚至知道寄托与信念，我真的要对它扣下扳机吗？

更令我惊叹的还在后面，雌龙接着说：“后来，我在庄园里捡到了一本诗集，有一首诗特别好清（听），它的名字就叫作《雏菊》。诗集就在口袋里……以前我用嘴巴翻阅它，我的四肢不宁（灵）活，但脖子和嘴巴很宁（灵）活……你能帮我取出诗集吗？《雏菊》就在第一页。”

我走过去把手伸进帆布马甲的一个口袋中，掏出一本只有巴掌大小的诗集。我翻到首页，果然看到了那首题为《雏菊》的诗，作者是阿尔弗莱德·缪赛。情不自禁地，我轻声读了起来。

“我爱着，什么也不说，只看你在对面微笑；

我爱着，只要我心里知觉，不必知晓你心里对我的想法；

我珍惜我的秘密，也珍惜淡淡的忧伤，那不曾化作痛苦的忧伤；

我宣誓，我爱着放弃你，不怀抱任何希望，但不是没有幸福；
只要能够怀念，就足够幸福，即使不再看到，对面微笑的你。”

这是首充满忧伤的诗歌，似乎是为失去了的恋人而写，但假若将它献给那长眠在金色雏菊下的小恐龙的话，同样很合适。

后来又发生了什么事情呢？小威尔逊的血液病得到了控制，雌龙不必再为他牺牲什么了，一定还有什么更令它呕心抽肠的事情促使它拼死逃走。

我将诗集合起来，小心翼翼地措辞：“小威尔逊的病好后，你应该能像从前一样不受打扰地生活吧？”

“是的，那似（是）段快乐的时光。”雌龙的双眼中又开始出现奇异的光，就好像那种在暗夜里突然划过的流星的光亮。

这一次我更加仔细地聆听。

“我又有了自己的孩子……这一次孩子顺利地生了下来……它是路（绿）色的，毛龙龙（毛茸茸）的……它一会儿动动身体和脑袋，一会儿动动胳膊和大腿，一会儿又动动双脚和尾巴，一括（刻）也停不下来。我带着它在草地上扇（散）步，在树林中游荡，在湖边看日出日落……当然，我也会带它到那一小片金色的雏菊前唱《恐龙之歌》，读《雏菊》……它似（是）只聪明的小恐龙，很快就学会了《恐龙之歌》，甚至连那首丝（诗）也能结结巴巴地读下来。”

那一定是雌龙一生中最为幸福快乐的时光了，但愿这样的美好时光能够长久一些，然而我看到雌龙那宛若星海的眼睛涌出大滴的泪水，就仿佛银河突然之间决堤。

“威尔孙（逊）先生的孩子很多，他的另一个孩子惯（患）有先天

性森（心）脏病，后来医生说，药物治疗已经无法缓解他的森（心）脏瓣膜病，需要移植一个新的森（心）脏。”

孩子的心脏很小，雌龙的巨大心脏肯定不适合。想到这儿，我哆嗦了一下，几乎是以颤抖的声音问：“难道他们……”

雌龙的泪水更加汹涌了：“他们要移植小恐龙的森（心）脏，把它的心脏移植给威尔孙（逊）的孩子，他们说我的身体里有威尔孙（逊）家族的基因，因而小恐龙的森（心）脏可以移植给男孩，不会产生排斥反应。”

我猜出了雌龙甘冒风险从威尔逊庄园逃走的原因：“你是为了……”

“是的，我无法再疼（承）受失去另一个孩子的伤痛。移植森（心）脏不像移植骨碎（髓），提供了自己的森（心）脏后，小恐龙就会死掉……”

换作谁都是如此，即便是那些未掺入人类基因的普通动物也有舐犊之情，也会千方百计地呵护后代。

“于是你就逃走了？”我低声问。

“是的，这是让小恐龙免于一死的唯一办华（法）。可我被庄园的醒（警）卫发现了，他朝我开枪……我拼命地跑，撞倒了庄园的围狼（栏），一直跑到人少的地方……”

凡是受过欺凌与伤害的动物都会本能地逃向人迹罕至的地方，威尔逊庄园距离此地甚远，我能想象腹部中弹的雌龙一路上有多么艰难竭蹶。

雌龙是为自己的孩子才身负重伤逃出庄园的，可眼下那个绿色的毛茸茸的小家伙在何处呢？我东张西望，雌龙看出了我的心思，将目光聚焦在我身上，认认真真地问道："你不费（会）伤害雏菊，所以你也不会伤害小恐龙，对吧？"

我肯定地对它说："在我还是个孩子的时候，我很喜欢恐龙。那个时候电视上正在播出动画片《恐龙丹佛》，里面的男主角杰里米和马里奥是人人艳羡的英雄少年，我渴望能同他们一样发现恐龙，并且四处冒险。"

雌龙相信了我的话，它发出一阵奇怪又低沉的声音，没多久从它的身后传来一阵轻巧的"吧嗒吧嗒"的脚步声，有什么东西从洞穴里出来了。

当那个毛茸茸的小脑袋跃入我眼帘中时，我差点叫了一声，我以为是故事里的精灵、动画片中的丹佛来到了现实中。蓝宝石一般的眼睛、淡绿色的皮肤和短毛、有些胆怯却可爱无比的神态，这是我第一次见到幼年的智龙，真难以想象它们竟然如此招人喜爱。

小恐龙怯生生地望着我，不敢再朝前走，很显然警卫们追击它们并且打伤它的母亲的情形令它记忆深刻。

"不用害怕，他不会桑（伤）害我们。"雌龙鼓励它说。

小恐龙又朝前走了几步，但还是尽量离我远一些。这下我将它看得更清楚了，望着这现实世界中几乎不可能存在的生灵，我愈发真切地觉得摘除它的心脏简直是一桩大罪过。我又悲哀地想：它的哥哥或是姐姐如果没有被剖腹取出的话，一定也同它一般伶俐可爱。

小恐龙继续紧张兮兮地打量着我，令我万万没有料到的是，它嫩声嫩气但一脸认真地问我："如果我把我的森（心）脏给威尔孙（逊）先生的孩子，你可以不杀我的妈妈吗？"

我愣了一下，几乎没有反应过来，但紧接着我眼中的泪水一涌而出，就像大河突然间决堤。我的心被什么东西重重地击中了，它是这尘世之间最为珍贵也最为伟大的情感——母子之间的深挚之爱。

我蹲下身来，郑重其事地说道：“小丹佛，我不会杀你的妈妈，也不会取你的心脏。在我离开之后，其他人还会来到这里，他们不会像我一样对你网开一面，因此你得躲到别的地方去。你要沿着日落的方向一直走，在两百英里之外就有一大片密密层层的丛林，那里没有天敌，你也可以找到足够多的坚果、嫩叶和果子。”

我将背囊里的食物都取出来放在小恐龙跟前，它寸步不离地守在雌龙身旁，一定早就饥肠辘辘了。这些食物可以帮助它获取足够的体力，到达两百英里外的丛林中。

最后我流着泪对雌龙说：“我很抱歉，这一切全都是我们造成的。你一定要让小恐龙在魔法龙公司的其他恐龙猎人到来之前赶到大丛林里，在那里它才会安全。”

“谢谢你，先生，你似（是）一个好人。”雌龙动情地说。此时我们的头顶上已是星光点点，我惊讶地看到它的幽蓝的眼睛中真的映出了点点星光。

回到威尔逊庄园后，我向威尔逊和魔法龙生物科技集团的头儿撒谎，说我费尽周折也没有找到出逃的雌智龙和小恐龙。他们左右打量着我，显然对我的话深表怀疑。

我提交了辞呈，我想回到故乡去。我会像儿时一样看日出日落，辨识天上的星座，向每一朵雏菊、每一朵野花问好；我会在风里张开双臂，在雨后欣赏彩虹；最重要的是我还会拯救落水的昆虫，帮助流浪的猫狗，再不做那些夺人性命、残害生灵的事情。

我的辞呈没有被批准，我被软禁在威尔逊庄园中，直到威尔逊先生派出的人马发现了雌智龙的骸骨和我的背包。

铁证如山，威尔逊先生要以渎职罪和蓄意流失庄园资产的罪名向联邦法院起诉我。“它们只是动物！只是我花钱用基因工程制造出来的动物！它们根本无法与我的孩子相提并论，你不该滥用你的同情心！”满面铁青的威尔逊先生冲我吼道。

我被判处了一年徒刑，对于自己因为放走小恐龙而锒铛入狱这件事，我丝毫也没有感到懊悔。这段时间里我愈发认清了自己，并为自己曾经追踪抓捕那些可怜的恐龙而羞愧。

放风的时候，我会打量雨水过后从地缝中顽强生长出来的小草。如果是晚上的话，就抬头仰望那些美不胜收的星星，它们让我感到渺小，也感到宽慰，更让我坚信凡是能被星光沐浴到，能被阳光照射到的每一个生命都是神圣而至高无上的。

有的时候我也会想起小恐龙，威尔逊派出的搜寻队并没有发现它，这意味着它及时逃到了丛林中。不知道它现在过得怎么样，也许它会感到孤独，但至少它的心脏不会被人摘走。它可以闻松针的清香，听鸟儿的啁啾，看银河的臂膀，它的湖水一般的大眼睛一定也能够映出点点星光。

一年之后我终于出狱了，我可以开始新的生活了。在返回故乡之前，我想去大丛林里找寻小恐龙，看看它过得究竟如何。

去往丛林需要二百英里，行至一半时我不得不挑选一个合适的地方露宿一宿。我发现了一棵倒地多年的大树，它正好可以遮挡夜间的冷风。我万万没有料到的是，两只偶尔经过的鹿在横卧的大树上咔嗒咔嗒踢了几下，在树里筑巢的野蜂们受到了惊吓，像股龙卷风一般倾巢而出，片刻就将我包围。我连扑带打，拼命逃跑，但还是被蜇得面目全非。我的眼睛渐渐睁不开，头脑也渐渐变得昏昏沉沉，我知道这是野蜂们的毒液开始发作，我终于重重地倒在地上，失去了知觉。

不知什么时候，我感觉凉丝丝的雨滴落在了面庞上，它们像能够起死回生的甘露一样，驱走了烧灼、疼痛与昏聩，让我好受了很多。

就在此时，不远处传来一阵吧嗒吧嗒的脚步声，听动静像是一头个头不算小的野兽。我吃了一惊，本能地要翻起身逃命，然而我还未挣扎着坐起，它便像风一般到了我跟前。一个毛茸茸的绿色的脑袋探了过来，那双幽蓝的眼睛我曾经见过，它的嘴巴里还衔着一根湿漉漉的枝条，清凉的水珠又滴落在了我的面庞上。它真是聪明，用这种办法从附近取来凉水帮我快点清醒过来。

见到我醒来后，它将嘴里的枝条丢到一边，稚生稚气地开始读起诗来，那是它的母亲曾经最喜爱、也是我所喜爱的诗《雏菊》：

“我爱着，什么也不缩（说），只看你在对面微笑；

我爱着，只要我心里兹（知）觉……”

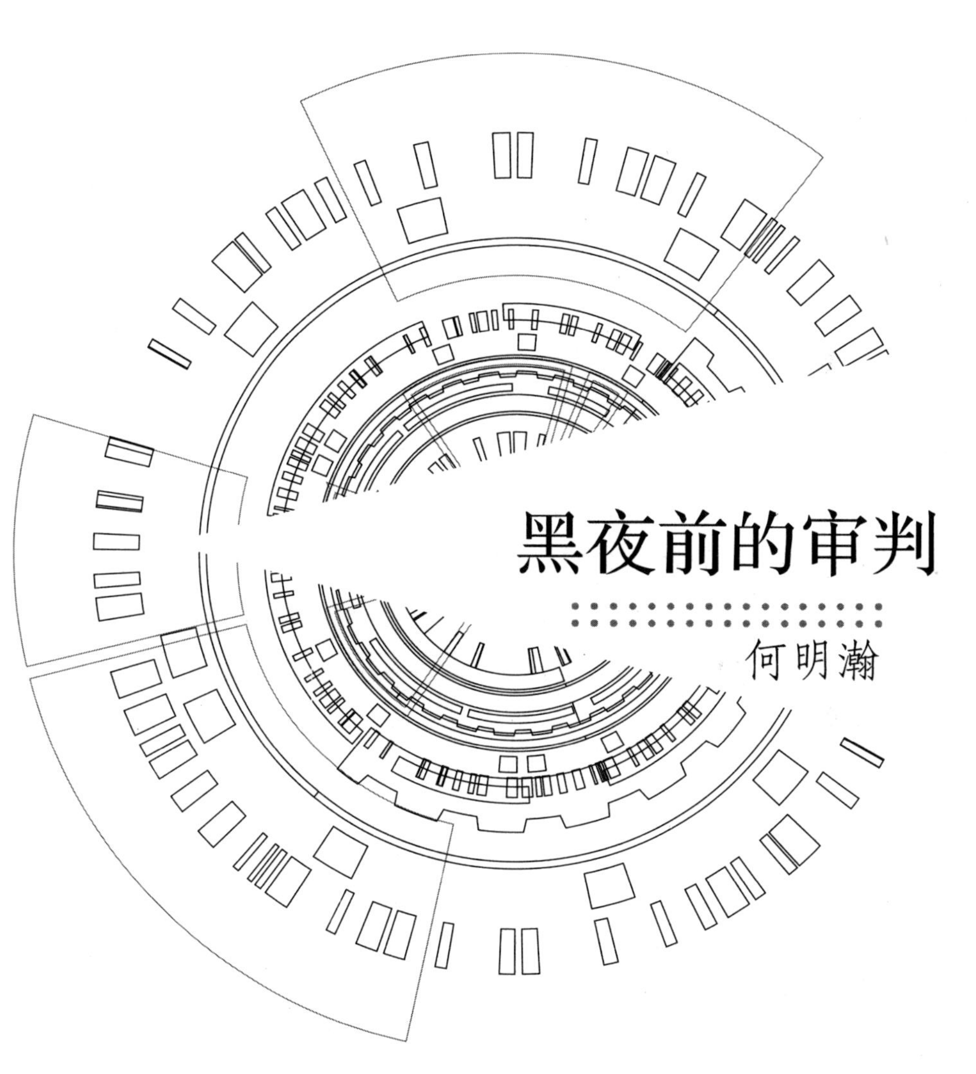

黑夜前的审判

何明瀚

终于轮到被告了。

这是一名大约40多岁、矮小瘦弱的男子，却穿着有些宽大的西装。而他看上去也很不习惯穿这样的衣服，从刚才开始就在努力调整姿势，但并没有什么用处。被告席的椅子对他来说也有点宽，他一会儿往左歪，一会儿往右歪，还紧张地四下张望，偶尔摸摸自己稀疏的八字胡，或是挠挠斑秃的后脑勺，模样只能用“做贼心虚”来形容。

主审法官端坐在法庭的最高处，暗暗摇头——他这一生为无数的罪犯宣判过刑罚，不出意外的话，这名被告应该就是下一个。

不过，这场审判所受的关注不小，必须谨慎对待，把自己公正严明的光辉形象展示给全国人民，顺便让自己名下的信用点增一些值。法官轻捻胡须，抬眼看了看四处架设的直播摄像头和旁听席中密密麻麻的人群，再次提醒自己。

“肃静，肃静！”法官重重地敲着法槌。由于听到被告即将登场，法庭内变得一片嘈杂，此时才勉强安静下来。

“开始吧。”法官向公诉律师点头示意。

“多谢法官大人。”公诉律师微鞠一躬，转身走向被告。

“被告，现在我将代表政府向你发起提问。不过在开始之前，我要再次确认一下：你真的不打算让你的律师替你辩护吗？”

“不……嗯哼！”被告清了清嗓子，“不用了，谢谢。他……他不明白我的研究结果，也不真的相信我说的话。”

所有人的目光都转向坐在被告斜后方的辩护律师。即便知道自己的一举一动都会被全国人民看到，辩护律师仍然忍不住翻了个白眼。

公诉律师耸了耸肩膀：“好吧，那我的工作应该简单了许多——据我所知，你的律师可是个厉害的对手。”

人群中发出一阵低笑。被告也露出局促的笑容：“我听说也是，呃，不过没办法。”

被告的声音不大，幸好话筒的收声效果很好。

“那么，我们从简单的事情开始吧。”公诉律师神色变得严肃，“你的名字是维克托勒·班吉吗？”

“是的。”

“你是一名生物学博士，目前在卢宁大学任教？”

“是的。”

“你在去年10月23日发表了一篇名为《全新寄生物种的发现与研究》的论文吗？”

“是的。”

“然而不仅你所在的学院，就连世界范围内所有具备足够影响力的学术机构与期刊都拒绝发表这篇论文，是这样吗？”

“……是的。”

“最后，只有一个二流，不，三流的杂志《耸人听闻月报》相信了你的研究，这篇论文才得以发表，是这样吗？”

“律师先生，这些事情刚才你已经问过很多证人了，为什么还要……”

“因为我需要你的亲口确认！”公诉律师打断道，“现在回答我的问题，班吉先生。”

“唉，好吧。二流或是三流我不太确定，但这个月报的口碑……

嗯，是不太行。可是其他地方都不相信我的成果，所以我也没得选了，不是吗？”班吉博士，也就是被告，一脸愁苦地说。

“你可以选择先不发表，重新检查清楚自己的研究，看看是不是哪里出了错。”

“啊？不，不是的。我的研究没有错，肯定没有。”

公诉律师撇了撇嘴：“嘿！你莫名的自信实在令人惊讶。换了是我，全世界的专家都不认可，我肯定会从自己身上找原因。”

“……”班吉博士沉默片刻，用细若蚊鸣的声音说，“亚斯曼先生愿意相信我。”

“谁？”

“亚斯曼先生。”

“裘德·亚斯曼？《耸人听闻月报》的老板兼主编？呵呵……难道你没听到刚才那位证人的话吗？亚斯曼完全没有任何学术背景，从头至尾只是个热衷于阴谋论的造谣大王！嗯，这方面来说，他倒也能算个专家，那个月报即使充满谣言和骗局，发行量仍然达到了每月数百万份。但无论如何，亚斯曼对你的支持根本一文不值。”

班吉博士低头不语。

“而且你也知道吧？他早在四个月前就逃得不知踪影了，否则肯定也要像你一样，以‘煽动群众罪’被逮捕。”

被告顿时露出紧张的表情，下意识地整理着西服袖子：“不，我没有煽动任何人。”

“你的论文内容就是最大的煽动。”

“那都是事实。”

“内容的问题等会儿再说。”公诉律师再次打断，“我现在要问的是，你和亚斯曼于今年3月成立了‘反植入党’，意图颠覆当今国民经济的命脉——植入型信用货币体系。这件事是真的吗，班吉先生？”

被告抿紧了嘴唇。

“班吉先生，请回答我的问题！”

“……是班吉博士！”班吉博士终于开口，音量也高了起来，“我不是先生，是博士！博士！真见了鬼，我从一开始就跟亚斯曼说过，我只是个搞科研的，又不是政治家，干吗一定要拉我入伙呢？可是他非说不挂上我的名字就没有号召力，我被他说得烦了，毕竟又欠他人情，最后只好答应了。但他做的事情我根本没有过问，知道论文发表后，我就只是埋头继续做研究而已，那个党派的一切行动跟我半点关系都没有。法官大人，你可要相信我呀！我这一生遵纪守法，除了探寻科学真理什么都没做过！”

他身后的辩护律师不禁扶住了额头。这个傻瓜，居然直接向法官求情！在法庭上这样做，除了暴露自己的软弱没有任何作用。何况本案的主审是判过无数大案的努克斯大法官，岂会受这种苍白的话语影响？

辩护律师正想开口劝阻，转念一想又闭上了嘴巴。

你不是觉得自己很聪明，说的话我都听不懂吗？这么有本事，那就自己解决问题好了！他狠狠地想。

面对被告的央求，法官果然只是皱了皱眉头：“被告，请专心回答公诉方的问题。反植入党是否由你和亚斯曼共同成立？”

班吉博士张了张嘴，终于颓然地说：“是的。”

“很好。”法官向公诉律师示意继续。

“感谢法官大人。班吉——先生，如之前的证人所言，你们的党派大肆宣扬一种说法：植入在我们视网膜之下的个人信用芯片已经成为一种新型寄生物的摇篮，而且这种寄生物还打算通过芯片控制全人类。我说得没错吧？”

光是听他这样陈述出来，人群中便响起“嗤嗤”的嘲笑。

“没错，真的是这样……你、你们笑什么？这种寄生物早就在我们身边存在，直到芯片全面普及时它们终于找到了可乘之机。”

“你承认就够了。”公诉律师高声说，“根据政府情报部门的线人汇报，你们还认为这种寄生物其实就是——信用点？”他用极尽挖苦的语气说出最后的三个字。

“哈哈哈哈哈……”旁听席终于爆发出哄笑。

“肃静，肃静！”努克斯大法官再次敲响法槌。他此前已经通过案卷了解过反植入党的行动理念，因此并不感到吃惊。但班吉博士的论文却早在数月前便被全网封禁，很多旁听者及观看直播的观众只听说他的党派是个反对植入芯片的极端组织，如今才知道背后竟还有个如此滑稽的理由。一时之间，整个国家的上空似乎都回荡着国民们肆意的笑声。

公诉律师对这戏剧性的效果十分满意：“呵呵，大家的反应就是对这番无稽之谈最好的回答。信用点，那不过是代表每个公民财富与信用的计量单位，根本就不是生命，又何谈‘寄生物’呢？你和亚斯曼用这样的理由煽动大批国民，要求政府取缔信用点体系，甚至采取游行和暴力示威的手段给社会和人民带来大量财产损失。如此做法，不仅国法不容，连天理也难容！因此——”

“不，不，你根本就不懂！”被告大叫起来，本就紧张的脸上又添了一份惶急。

公诉律师提高音量：“因此我要代表政府，代表人民，以煽动群众、组织暴动、造谣生事等多项罪名起诉你，让你在监狱中度过你虚伪而邪恶的余生！”

法庭中立即响起“哗哗哗”的掌声。公诉律师向现场观众鞠躬，心中暗自得意：其实自己往常的庭辩风格并没有这么浮夸，但这次毕竟是在直播，免不了要多带上点表演性质。从最后的效果来看，自己已经大获成功。

看来等案件结束后，自己名下的信用点说不定要翻上一番呢！他整理了一下领口，有些兴奋地想。

然而班吉博士并不死心，扯着嗓子朝众人喊："是真的，信用点真的有生命！你们一定要听我说呀！法官大人，请您务必听我把事情说清楚！"

被告席上的话筒起到了应有的作用。旁听席稍稍安静了些，众人虽然面露嘲讽，却又有些好奇，想听听这个疯子到底能说出什么离奇的理论。努克斯大法官敏锐地察觉到了群众的愿望，便点了点头："好，虽然这并不符合庭审流程，但考虑到本案的特殊性——"他朝一直没吭声的辩护律师投去一瞥，"我容许你自己陈述一遍事情的经过。"

公诉律师吃了一惊："可是法官大人，我还有一段重要的话没有——"

"我当然知道，而且我也知道你刚才使用了多少种庭辩技巧，试图将被告逼入死角。"努克斯大法官用犀利的目光盯着公诉律师，"所以我觉得，现在该是让被告好好说几句话的时候了。你余下的发言可以等一会儿再讲。相信亲爱的观众们也是这么想的，对吧？"

"对！""是的！""没错！"旁听席里乱七八糟地答应了一通，还夹杂着掌声和起哄声。

"肃静！"法官象征性地敲了敲法槌，结束了这段足以将自己的公正、专业、亲和、风趣及威严同时展示出来的完美表演。

公诉律师被法官压住了风头，只好悻悻地退到一旁。被告则松了口气，用袖子擦去额头上的一层汗水，说："谢谢，谢谢法官大人。"

“嗯。但你可别指望能用一些装模作样的专业术语蒙混过关。”

“当然，当然。”

“好。那就说说看，你声称信用点是一种新型寄生物，理由究竟是什么？”

博士定了定神：“理由，对！我当然有充分的理由！法官大人，相信您也知道，早在几千年前，人类为了便于交易，就会使用一些特殊的物品作为等价物，比如贝壳、金属制品之类的。这就是货币，或者说钱的诞生。人类使用这些货币进行商业活动，后来随着技术发展，货币又有了不同的形式，比如贵金属和纸币——”

“被告！”法官眉头微皱，“你不会是要给我们上一堂历史课吧？这些事情跟寄生物到底有什么关系？”

“有的，有的！我刚才说的其实就是信用点的生命起源时期！众所周知，信用点就是由这样的早期货币一点点发展而来的。随着人类商业活动的范围增加、复杂度提高，货币和人类生活捆绑得越来越紧密，形态也为了适应人类需求而不断演化，从天然材料到铸币、纸币，又从实体货币到数字货币，最后才演化成今天的信用点。当然，如果脱离了人类活动，无论是货币还是信用点都无法独立存活，所以我才会说它们是寄生物——”

“等等！”法官打断道，“你难道是想告诉我，因为信用点是人类活动的产物，所以信用点就是寄生物？”

“呃……是的。”

“荒唐！”法官一拍身前的桌子，“照这么说，这张桌子也是人类活动的产物，所以它也算是寄生物喽？”

围观群众纷纷窃笑。

班吉博士一怔：“桌子？桌子又没有生命，怎么能是寄生物？”

“嘿，难道信用点就有生命？”

博士点点头：“对啊！不仅是信用点，早在人类刚刚发明出货币的时候，它们就已经有了生命。您想想，无论是贝壳兽骨、铸币纸币，还是数字货币和信用点，它们都能借人类之手以稳定的方式自我复制，还能根据环境演化形态，好让自己更好地生存。能做到这两件事的，凭什么不算生命呢？而桌子却没有这些能力，所以桌子并不是生命。”

人群里的笑声停止了。努克斯大法官看上去也有些错愕，眯起眼睛想了想，才谨慎地开口：“能自我复制，也能演化形态……只要这样就能被称为生命了吗？”

“从传统生物学和哲学意义上来讲，这个定义可能过于宽泛。不过自从越来越多独特的生命形态——比如病毒——得到深入研究，科学界对于生命的定义就在不断扩大。直到今天，除了自我复制和演化形态，似乎再也无法找到第三条属于所有生命的共同特征了。”话题终于步入专业领域，班吉博士仿佛换了个人似的，挺直腰板侃侃而谈，声音也变得加倍洪亮。

不过努克斯大法官也并非草包。他在记忆深处搜寻半天，出言反驳：“谁说找不到？比如新陈代谢、应激反应，这些不也是生命的基本特征吗？”

“大人高明。”博士笨拙地拍了句马屁，“这两条的确很普遍，但是否能算是构成生命的必要条件，学术界还存在不小的争议。不过即便把它们加上，货币也依然能够符合标准。就拿新陈代谢来说，每年人类制造大量新货币，又淘汰大量旧货币，其实就是在为货币体系进行新陈代谢，从而保持货币体系的健康。而应激反应就更好理解了，所有的人类活动都会被货币体系敏锐地察觉到，并在货币及商品价值的升降中准确体现。顺便一提，货币虽然没有传统意义上的遗传物质，但它们借助人类之手进行自我复制的速度和稳定度却一点都不逊色。除此之外，它们还具有相当强的社会属性：大量的货币会不断吸纳少量的货币，形成更强的群体，然后再吸纳更多货币，就像滚雪球一样不断壮大自身的规模。事实上，这些货币的生命形态相当灵活，除了刚才提到的几种基本形态，也可以是土地、农作物、艺术品甚至人类自身——这么说吧，任何被人类认为是资本或财产的东西，其实都是货币聚集和繁殖的媒介。总之，由于它们的生存模式精巧而隐晦，并且和其他生命形态截然不同，所以几千年来人类都没有发现，原来我们身上的钱竟然就是一种全新的生物。”

说到这里，博士停顿片刻，黯然地叹了口气：“唉，这些内容我早就全部写进了论文里，可惜现在遭到封禁，大家想看也看不到了。”

法官抿着嘴，皱着眉，艰难地理解着这套疯狂的理论。因为封禁的力度很大，就连他也没看过博士的论文原文，只是在开庭前读了案卷中附带的一些描述性话语，便已在心里断定这不过是一个疯子科学家脑子烧坏了搞出来的可笑的阴谋论，自己只需要三言两语便可以将之揭穿、戳破。正因为有这样的信心，他才让公诉律师退下，亲自向被告问话。谁知仔细一听，博士的逻辑却相当缜密，最后还真把这荒唐之事给说圆了，反倒让他有些措手不及。

法官一时没说话，旁听席上的围观群众却开始窃窃私语。有四五人面露惊讶、微微点头，但更多的人其实听到一半就已经迷糊了，只能带着疑惑交头接耳。

“肃静！”法官敲击法槌。等众人安静下来，他也恢复了威严的神态：“被告，你应该庆幸今天没有安排生物学或经济学的专家到场旁听，因此暂时没人能驳斥你的怪论。所以本庭姑且假设你的说法成立——但你要记住，对于信用点和货币能够被算作生命的说法，本庭仍然无比怀疑，只是为了保持法庭的公正性才允许你继续陈述下去。听明白了吗？”

“明白，明白！谢谢法官大人。”

“嗯。那我再问你：即便信用点真的是生命，可是它既没有智力，又没有攻击性，又怎么谈得上‘控制全人类’？如果你不能把这件事阐述清楚，那你的种种罪名依然成立。”

“是，是。按照惯常的看法，信用点确实不具备智力，然而惯常的看法往往都会有些狭隘。究竟什么才算智力呢？通过自然语言来沟通交流？对空间的感知、对环境的改造？自我意识的觉醒？这些或许只是把人类的标准强加给所有生物的自大之举。”他发现法官的表情开始变得焦躁，连忙跳过这个话题，“不过这不重要，不重要！无论怎样定义智力，它都不是寄生物控制宿主的必要条件。铁线虫就是最典型的例子之一：它会在幼年期寄生在蝗虫或者螳螂的体内，长成成虫之后再控制宿主寻找水源并且‘投水自杀’，好让成虫重新钻回水中生活。而铁线虫显然并不具备一般意义上的智力，它对宿主的控制仅仅是为了满足自身生长需求的本能行为。类似的例子还有弓形虫、蟹奴、僵尸真菌等，种类分布十分广泛。”

博士越说越流畅，其他人也在聚精会神地聆听，唯独法庭四周负责操控直播设备的几名工作人员露出错愕的神色——并非因为博士的言论，而是他们忽然接到命令，要立即切断全部的直播信号。

他们相互看看，只好奉命行事。当然了，这种场外事务绝不应该对审案造成影响，因此法庭内的其他人还不知道：从现在开始，他们就是仅剩的能够目睹本案审理的人了。

“至于攻击性，”博士仍在被告席上继续高谈阔论，“恕我直言，大人您似乎没有意识到，从古至今死于货币手中的人类其实远超其他所有死亡方式之和！有的因为没钱而饿死、冻死、病死，有的在争夺利益的过程中彼此残杀而死，甚至有的仅仅因为毕生积累的财富在金融市场中蒸发一空，就干脆选择跳楼自杀——可以说人类历史上绝大多数惨剧的背后，都有货币在暗中操控！而它们这样做的目的也很简单，就是让人类在数千年的争权夺利过程中越来越重视自己、信任自己，最终再也离不开自己。很显然，它们的计划大获成功——人类不仅早已离不开货币，如今甚至还为了更方便地赚钱和花钱，而直接把它们植入神经系统之中！老天爷啊，这简直就是教科书级别的引狼入室！”

他激动地挥了挥拳头，瘦小的身体似乎得到了某种力量。法官则捻着自己腮边的几根胡须，努力消化着这套“货币杀人论”。

真有这种事？人类成千上万年的悲剧都是由于货币的幕后推动？在努克斯大法官平生听过的疯狂理论中，这并不是最耸人听闻的，却绝对是最令人难以辩驳的。但这并不意味着他已经被说服了，事实上他依然半个字也不相信，只是苦于找不到反对的依据。

真是失策！他感到无比后悔，自己实在不该亲自下场问话。

于是他向一旁的公诉律师递去一个眼神。公诉律师心领神会，整理一下领口，走上前去：“呵呵，班吉先生，没想到你还挺能言善辩，居然把这么荒唐的谬论讲得头头是道。这么说来，你成立邪党，聚众闹事，意图颠覆国民经济命脉，居然还是为了全人类喽？”

他的语言陷阱十分奏效，博士顿时支吾起来：“对……哦不对，我没……我不是这个意思！”

“你当然不是这个意思。”公诉律师一脸自信，“因为所谓的‘反植入党’，其实只是你和亚斯曼设下的幌子，表面上只是煽动无知党羽在各地摇旗呐喊，暗地里却派遣心腹侵入各大金融机构，将大量信用点转移到你们的海外账户当中！证据就是我手里的这份通话录音！”

说着，他从怀中掏出一个小型存储器，高高举起，让所有人清楚看见。法庭内立即一片哗然，法官连敲几下法槌，然后说：“快拿上来！”

公诉律师快步走向法官，呈上存储器和一叠印有录音内容的纸。与此同时，法庭一侧的墙上出现投影，连声音带文字，将录音内容完整地播放给所有人。众人才听了几句便骚动起来，因为里面的对话和公诉律师所说的完全一致，就是亚斯曼与几名手下正在密谋侵入国家银行盗取信用点，而且从中还能听出，几人早已得手数次，并转移了大量资产到海外账户。公诉律师又适时地拿出了一份这些账户持有者的名单，班吉博士的名字赫然在列。

再看博士，刚才的慷慨激昂早已没了踪影，表情里只剩下惶急和恐惧：“怎、怎么可能？！亚斯曼他居然……法官大人，这跟我没关系啊！我根本不知道有这个账户！”

真会装！法官冷冷地瞥了他一眼，又用责怪的语气对公诉律师说：“有这种证据，干吗不早点拿出来？白费我——白费大家的时间。”

公诉律师肚里暗笑，面上却很诚恳：“抱歉，法官大人，这些证据也是今天清早才得到的。不过您放心，已经交给技术部门审核过了，如假包换。”

法官点点头：“那就好。被告，你还有什么话说？”

“跟、跟我没关系，这些真的跟我没关系啊！”班吉博士惊慌失措，不断央求，“法官大人，我是被冤枉的，求求您相信我呀！”

法官漠然地望着他，围观群众则发出阵阵冷笑，嘲讽着被告的垂死挣扎。公诉律师提高音量：“大家都看到了，铁证如山！班吉和亚斯曼除了煽动群众、危害公共安全，还犯有严重的金融盗窃罪！而他所谓的论文和其中关于信用点的谬论，其实都是别有用心的谣言，打着为国为民的招牌，真正目的却是谋取私利！”

旁听席上掌声四起，伴随着几声呐喊：“说得好！”“这个混蛋！”“判他死刑！”

公诉律师整理着领口，嘴角露出一丝满意的笑容。努克斯大法官捻了捻胡须，虽然有点不甘心自己成了陪衬，但也为戳穿了被告的狡辩而庆幸。

“肃静！”法官又一次维持庭内秩序。等众人安静后，他转向可怜兮兮的班吉博士：“被告，公诉律师所提出的证据十分清楚，无论你怎样大声叫嚷也改变不了。相反，你向本庭胡诌了一通货币、寄生物之类的荒唐说辞，可都是空口无凭。因此如果你再拿不出实际证据的话……”

“等等！”班吉博士大叫一声，放下的拳头又举了起来，“谁说我没证据？我带了证据！”

说着，他站起身来，扭头朝自己的辩护律师喊道：“我的包！包给我！”

辩护律师脸色很难看——见过对方的铁证之后，就连他都认为班吉博士必败无疑，而自己的履历上必定会添上极不光彩的一笔。不过既然博士发话，他也只能配合，抱起博士那个又脏又破、被撑得鼓鼓囊囊的棕色公文包送到了被告席前。博士连忙起身接过，打开包拼命翻找。他的汗水早已浸湿衣服，不多的头发也湿答答地紧贴着头皮，但他也顾不上打理，只是在汗水流下时用袖子草草地抹一把。

“我论文都发了，哪会没证据？”他边翻边自言自语，“就像我刚才说的，本来这些寄生物只能通过间接的手段诱导人类的情感和行为，现在却能通过芯片直接接触到人类的神经系统了！开始的时候它们还不知道该怎么利用这种优势，可是经过几十年的适应和演化，现在它们已经逐渐学会了直接操控人类思维的方法！但这种方法十分隐蔽，连我也是在观察一些病患的大脑的时候偶然发现了异常，所以才深入研究的……对了，就是这本！”

班吉博士终于掏出一本厚厚的活页夹，又开始埋头狂翻：“我通过一些老年病例的研究发现，在信用点系统全面普及之前，这些寄生物的行为方式还跟数字货币时代没什么区别。但后来全民植入政策落地实施，每个信用点的建立和流通从此都有了完整的轨迹可循，再加上每个人的情感与行为数据都会从个人信用芯片中路过，它们就迅速掌握了人类的行为模式，并且发展出了高度智能化的决策机制，能够精准地引导每个人类个体的心理，让人不知不觉间——哈，这里！就是这两页，能够证明我说的所有话！法官大人，您仔细看看吧！”

博士踮脚伸臂，努力把活页夹递向法官。法官早已听得不耐烦，赶紧让助手接过来，翻看博士所指的两页。

“您看一下，这是我两个月前最新的研究结果，除了之前论文里有关人类脑部神经递质受芯片信号影响的研究，我还发现了受影响的患者在日常生活中呈现的一种特定变化。理论上来说，根据这种变化的强弱，我们就能分辨出哪些个体被控制的程度更深。假如可以将这一部分人隔离治疗，再将其余人的芯片取出，我相信——”

“好了！”法官终于按捺不住，提高音量打断道，“你这笔记乱七八糟的，我也不知道是真是假。况且不管真假，这都改变不了你们非法侵入与盗窃的重罪！”

“法官大人！”博士绝望地叫道，“这就说明其实是有一些被信用点操控了的人捏造出犯罪证据，扣到了我的头上，以免我曝光这些寄生物的真相啊！”

法庭上安静了片刻，随后爆发出哄堂大笑。法官则气不打一处来，重重一敲法槌：“被告，信口开河也要有个限度！难道你真的以为，只要把罪责全部推给莫须有的‘寄生物’，你就能逃脱法律制裁了吗？”

旁听席上嘘声一片。被告紧紧抓住面前的麦克风：“不是的，不是的！我的实验已经证明了它们的存在，也有办法可以分辨出谁已经被操控！只要看一个细节就行：那些被信用点操控的人，就算他们自己不知道，可是一旦听到或者想到‘赚钱’‘牟利’‘增值’这种词汇，就会有一个下意识的小动作！这个小动作因人而异，但只要细心观察，就一定能……”

他说到一半，忽然停住了。

法官一边笑，一边轻捻胡须。

公诉律师整理着衣领，露出胜利的表情。

辩护律师耸起右边眉毛。

速记员使劲眨眼睛。

旁听席最前排的女士捧着脸颊。

……

班吉博士目光扫去，似乎每个人都在做着某种小动作，但又无从分辨他们是否向来如此。他右拳紧握，压住自己颤抖的嘴唇，颓然跌坐在椅子上。

围观群众还在嬉笑怒骂，法官和公诉律师还在对他说话，但他耳中嗡嗡作响，根本什么都听不见。他缓缓抬起右手，望着自己不知何时养成习惯的握拳动作，只觉得一阵天旋地转。

黄金般的阳光从窗外洒入，照亮了黑夜来临前的最后一场审判。

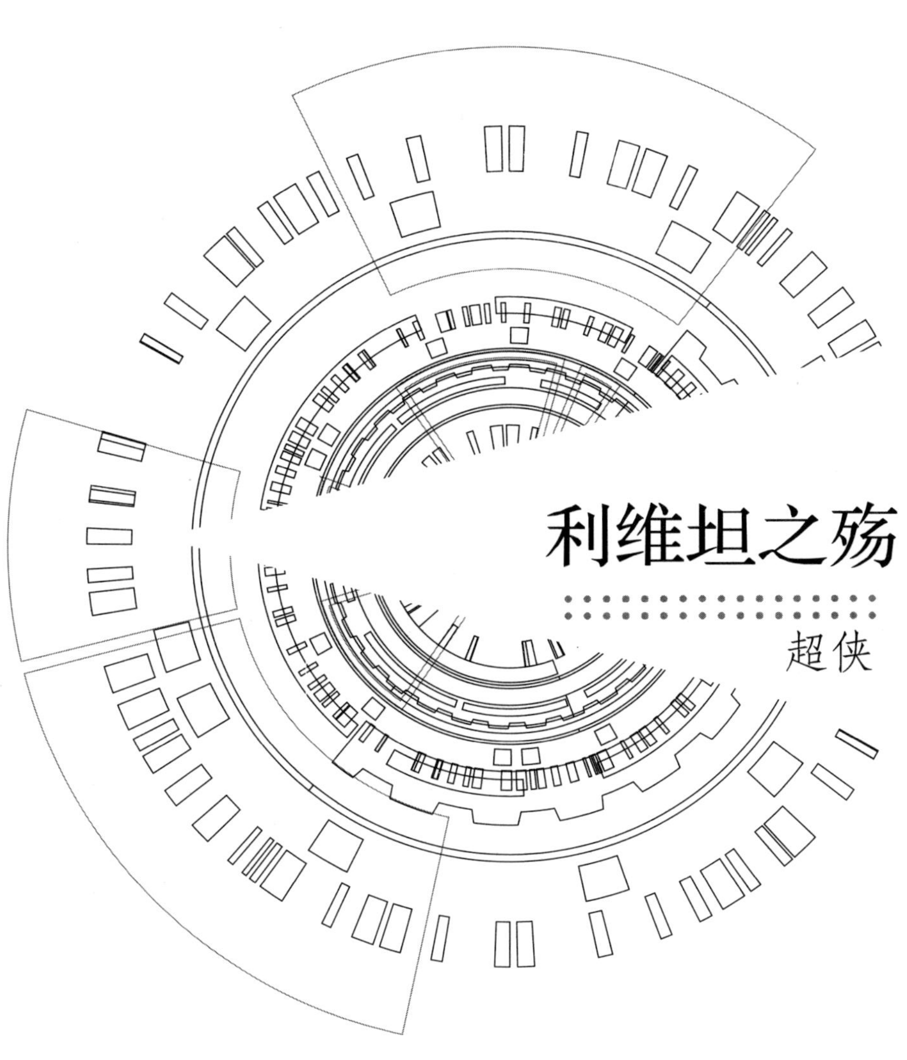

利维坦之殇

超侠

一个城市化成的怪兽

带我们杀开生化骷髅

明光

人类的希望

只因你的欲念而凄伤

少年

将全世界捆绑

成死结上的木偶

与蝇虻

别了利维坦

敌我

循环反转

——题记

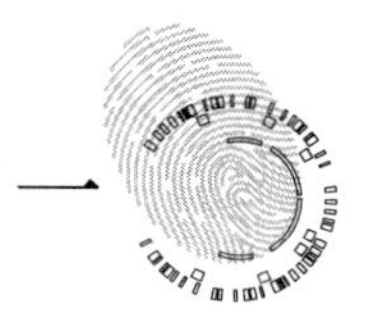

战争进入了白热化阶段，最后的人类坚守在中城内，苦苦支撑。

外面是密密麻麻的敌军，正在源源不断地攻击过来。它们没有什么先进的武器，只有人海战术和不怕死的精神。

因为它们不是人，是生化人。

你可以说它们只是一堆行尸走肉、枯骨烂皮和废铜烂铁的结合物，也可以说它们是没有脑子、靠本能驱动的怪物，但你不得不承认，它们无论从数量还是攻击力上，都有我们无法企及的优势。我们的导弹、轰炸机、坦克等先进武器，令我们取得了暂时优势，可是等武器炮弹耗尽时，便只能节节败退，溃不成军。

如今，它们早已兵临城下，挥舞着它们的枯骨和铁爪，举着长矛和钢叉，向我军围了上来。

人类最后的城市，是否还能够守得住？

看着来势汹汹的敌人，我毅然下令：“战神机甲战队，出击！”

战神机甲战队同时从城门上飞跃而下，它们的躯体都老朽了，外壳锈迹斑驳，像荒芜的沙漠，有的缺胳膊少腿，一瘸一拐，仍坚持战斗；有的没了眼耳口鼻，只能靠体内的人力驱动行走；有的只能站在原地，以躯体阻挡敌军。但它们仍是我们最强的战斗机器——30多米的身高，加上坚硬的钢铁之躯，打得周边的生化敌军溃退出一片场地——有的被它们踩扁，有的被它们撕碎。然而，胜利显然是短暂的，一群生化狗人和蚁人冲过来了，或抓或挠，或咬或爬，或死啃不放，非得从机甲上咬下一片铁来才善罢甘休。

结果是残酷而冷峻的，生化狗人和蚁人全部碎烂，但战神机甲也倒下了一半，被啃噬精光，包括里面的控制战士，仅剩下一些钢筋铁骨。双方皆退兵，剩下的战神机甲颓然回城，也基本上报废了。里面的控制战士因脑桥同步的原因，也都受伤不轻，有几个已成终生植物人。

回到总部，我向总统汇报了情况，总统担忧地问：“接下来该怎么做？”

我沉默不语。

因为，我隐隐感觉到，我们要输了。但我绝不能那么说，那样会影响士气。

总统看出了我的忧思，说：“不管怎么一个结果，我们尽力了就好。去吧！元帅，与它们放手一战吧！”

我说：“如果我们能够反击，打怕它们，或许能够谈判，获得一定的时间休养生息。所以，我们必须胜，必须反击，以攻为守。但现在的问题是，我们没有那么多的资源，没有那么多的武器能够以绝对的力量击杀敌军主帅。只要一击得手，敌人必溃！”

总统疑惑问道：“那你的意思是……”

我说：“集中我们的所有资源，建出最巨大的战争机器，直斩敌首。”

总统想了想，说：“这件事情，恐怕我还得和各位部长商量商量。如果严防死守，还能坚持多久？”

我郑重其事地说：“恐怕不到半年，我们就弹尽粮绝了。那时，便是全人类灭亡之日。”

总统犹豫地问道：“如果你的计划不成功呢？”

我说：“那我们只不过提早了半年灭绝而已。可一旦成功，就全城得救。人类，还能绵延下去。”

总统点头道：“说下去。”

我说：“我已向大工程师询问过了，利用量子电脑和纳米建造机器人，可将整个城市建成史上第一巨型机甲猛兽，将中城的一千万人全部装载其中，并冲出重围，在没有生化僵尸的地方生存。这需要动用我们的全部资源，还需要全城居民一起配合，该搬离的搬离，该出力的出力，老幼妇女们都统一到中央安全区居住，男人们在巨兽的各个驱动环节内工作，提供机械动能。”

总统瞪着我，惊道：“你是说，将整个城市都变成巨兽，载着所有人冲出去？亏你想得出来！那些纳米怪物又得重新释放出来？动力呢？莫非你要重新开启……”他的脸因激动而红润，像熟透的大枣，他说不下去了。

我定定地看着他，目光坚定，一字一句道：“不错，重启核能，是我们最后的希望！”

总统倒吸一口冷气，说：“万万不可，外面的那些怪物们不就是因核废料处理失败才出现的？它们人不人，鬼不鬼，动物不动物，机械不机械。如果我们的核动力重开，处理不当的话，整个城市，整个人类都将……”

“灭亡。”我替他说了出来，并冷冷地说：“那又怎样，总之要死，何不孤注一掷，兴许能反败为胜！”

“这……”他有些犹豫。

“只要我们做好防护与处理，控制好反应堆的能量大小，是绝对不会有事的。”我坚定了他的信念。

“看来这个计划你早就盘算了许久？”总统朝我冷笑。

“我和大工程师演算了很多次，确定可行，才向您禀报的。”我向总统立正敬礼，背挺得笔直，说，“如您应允，我们现在就开启量子脑，进行总控，正式开始这个计划。”

“很好，”总统沉重的脑袋微微一点，“我想这个计划一定有个好名字。”

“不错！”我点头道，“利维坦计划。”

“利维坦，利维坦，好一个利维坦！”总统喃喃说着，最后命令道，“那就放手干吧！”

二

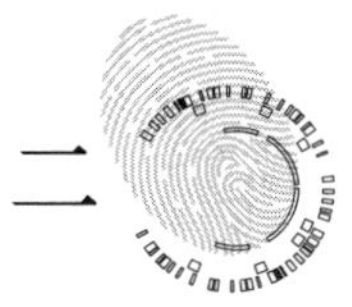

有了总统之令，接下来就是全力以赴，开启利维坦计划。

我先来到了大工程师家里，他是我们所有战争机器的设计者，一位

充满智慧的老科学家。他听说计划可行，激动地将三维化的设计图投到我跟前：那是一头威风凛凛的凶猛怪兽，它的脑袋有些像龙，身躯又如同坦克，还有无数的章鱼软肢……总之看上去无比威猛，又极端恐怖。

利维坦！

传说中的巨怪，莫非就是这个样子的？

大工程师介绍道："纳米建造机器人的程序早已写好，量子脑进行总控，我们将无战力的人迁到中央广场，悬浮在利维坦腹内；其他的四肢、头部、尾部等，都嵌造武装堡垒，由战士守护，以防生化敌军进行局部冲击。全城躯体皆由纳米机器人分割、滑动、挪位、遍布神经元，武器移中间，战机架口舌，坦克在双肩……"

随着他一声声带着魔法般的诵念，巨怪利维坦也在一个月内逐渐生成。量子脑是它的思维主体，由我们绝对控制。成亿上兆的纳米机器人们深入到城市每一块砖瓦缝隙中，进行有规律的生长、挪动。所有人都根据事先进行好的规划和设计，移动到受保护的空间站点，任凭外界如何吵闹，任凭脚下如何颠簸，大家也岿然不动。不过，意外时有发生，一些不听话或者不小心的人出门时常会自深渊摔下，或是被飞砖砸中。

整个城市改造如火如荼，简直是一场建筑革命。天空中搭起了飞行的桥，有悬浮的球体空间，也有钢铁连绵的巨型圆柱体……在设计规划的立体图形中，整座城市变为巨兽的计划逐步完成。

在总控室内，可以看到整个微缩化的利维坦的进度。蓝色的网状小怪兽正慢慢成长，它就是利维坦的核心，量子脑化的小利维坦。刚开始时它就像一个小婴儿，渐渐地，成长为一个少年，并听从我的指导，拥有智慧和知识。少年活泼好奇，聪明睿智，并逐渐成熟起来。我对它谆谆教诲，就像是它的父亲。看着它一点点地成长起来，我的心总算从战乱中找到了一丝温暖。

关键的一天到了，利维坦的外壳终于建造成功，内核也完全从混沌开化。

我对它说："去吧！用我所教的那些方法，去对付敌人吧！"

利维坦开始了一系列动作，正式开始启动。

整个城市的人类也做好了战斗准备。

当这头高至少30千米、长50千米的战斗巨兽冲向城墙之外时，估计生化军的指挥官都吓傻了眼。它们恐怕只看到几座大山飞压而来，瞬间眼前一黑，身体就化为了齑粉。火龙自巨兽口中吞吐，烧出十几千米的道路，四面八方的生化军冲过来，却被一根根突射着子弹的软肢打死、弹飞、卷碎。

利维坦果然天下无敌!

饶是如此，等我们冲出上千千米的包围圈后，它的某些部位仍受了损伤，是被生化动物兵咬开了。守护在其皮肤表面那些原突状堡垒中的人类，也死伤不少。他们就像长在动物皮肤表面的寄生虫，与宿主共存亡，一起抵御外来入侵者。

利维坦带我们杀出了重围，赢得了战斗胜利。它的骨骼关节上都布满了纳米神经元，利用源源不断的核能驱动，它的量子计算机大脑听从我们的命令行事和指挥。

总统先生很是高兴，利维坦的核心——那个少年，时而又变成两米高的蓝色模拟怪兽，代表其硕大无朋的真身荣获嘉奖，并期待它取得更大的进步。

总统和我们大伙儿商议，接下来，就由利维坦带着我们全城人类向南方继续前行。到了温暖的南部，全城重新驻扎，开辟新的世界，那将会更好。

利维坦并未这么做，它就在当地驻扎下来，四肢插入地面，牢牢固定；几百条软肢又形成巨柱，树桩般钉下；身体自脊背处展开，城市高楼也排排重新如剑戟般耸立而出。

小利维坦化为了蓝色的少年，它是整个城市的核心体，根本不理会我们的命令，拍拍手转回自己屋里去了，扔下了尴尬的总统和我们。

总统满脸如涨血般怒红，冲我咆哮道："这是怎么回事？它怎么不听我命令了？"

我歉然道："这孩子，可能……心情不好吧？"

"什么？"总统又惊又怒，却冷笑起来，"心情不好，它不是量子脑控制的吗？怎么会有心情？这到底怎么回事？"

我从没见过总统在大庭广众之下这样失态暴怒过，就连前线失利他也没有这样狂躁，那时他镇定如常，指挥若定，像深夜之海一般沉定。他之所以暴跳如狂，是因为自己被冒犯了。在他的管辖范围内，头一次有人不听命令，况且，那只是一台机器，只是一个傀儡，一个虚拟的影子。

想不到傀儡有了灵魂，要脱离主人的控制了。

量子计算机复杂到一定程度，其智能早已越来越接近人类。

我忙匆匆告退，在总统阴晴不定的诡异目光下，如芒在背般退出总统府，回到总控室内。

小利维坦正围绕着大工程师欢跳蹦跶，萌萌的如一头小梅花鹿。一见我过来，它就扑过来，想像往常一样接受我爱抚。实际上它的身体只是无实体的蓝色光影，是由它核心的大脑进行的量子纠缠所创造出来的虚像。这个动作只代表我的某种嘉奖。但我的脸色阴沉，而且手没有抬起。它顿时愣住了。

我说："你知道自己在干什么吗？"

它当然知道。

它化为了那个蓝色的少年，看上去是一个又骄傲又忧伤的少年。他说："总统的命令有问题，我们不能往南走。因为根据我的计算，现在是我们反击的时候了。趁着它们溃败、猝不及防之时，我要控制全城，突然卷土重来，将敌人全部扫荡一空。这样我们就能重回原地，剩下的虾兵蟹将，以后没有实力，也没有这个胆量再敢来犯了。"

我阴沉地说："孩子，那你至少先和我说一声哪！今天你擅作主张，不听总统命令，把他气得半死，你还好意思说？"

少年扑哧一笑，说："尊敬的元帅，我的父亲啊，我就是看不惯这个独裁的大总统。如果我来当总统，肯定比这个他好！整个政府系统，应该重新进行规划和设计！"

我大吃一惊，怒道："住口。"手中的磁鞭弹出，重重地落到少年身上。

少年嗷的一声，痛苦地叫唤，身上多了一条亮晶晶的、冒着蓝色光焰的伤痕。

它死死地、倔强地盯着我，看了10秒钟，然后，可怜地化为了那个微型的小利维坦怪兽。

是的，它虽是机器，我们却赋予了它疼痛和恐惧。它虽非实体，却能被微磁场刺伤。

我只是想告诉它，无论它多么发达，多么先进，它只是我教鞭下的量子工具。

它不是我的儿子，绝不是。

我看着它哀痛不已、可怜兮兮的样子，不由一声叹息，转身离去。

我回到总统办公室，向总统道歉，说这孩子就像一个成长起来的未成年人，因疏于管教处于叛逆期，言语不当的地方望总统能宽容看待，毕竟它这么做有它的理由。这也是为了全城人民群众的利益。

总统冷哼道："这又是为了什么？我们全城人此后都要听它指挥不

成？整个政府都由它来做主了吗？岂有此理，哼！传我号令，叫它必须往南行驶，否则，就用那磁鞭给我狠狠地抽！”

我正不置可否，突听旁边一声怒吼：“你就是要这样对付我？害死所有人民吗？”

惊吓如平地起炸雷，把我和总统的魂都炸飞。

小利维坦化为的少年，像鬼一样，出现在总统的身旁。

总统一回头，却见刀光一闪，红影漫天。

他倒了下去，如折断的枯草般，倒在我的脚边，倒在了总统宝座之下。

鲜血如蛛网蔓延，红色弥蒙了我的双眼。

小利维坦坐在总统的宝座上，那么年轻，那么英俊，就像曾经是一个少年将军的我。但我知道，它绝不像我，也不可能成为我。它的眼神如铁，声音如冰：“从今以后，我就是总统！”

我抽出磁鞭，但磁鞭手把竟像碎沙般散落。

是的，很简单，手把上早已爬满了纳米虫，一切都由利维坦的量子脑控制。所有的纳米机器人遍布整个城市，实际上，它早就控制了整个人类世界。刚才的挨打，只不过是它的苦肉计，只不过是它给我这个父亲的一点亲情薄面。

我又能说什么？

我只能苦笑：“孩子，你知道吗，当总统，是需要选举的。”

小利维坦高高站起，双手杵在桌上，坚决道：“好，那你就让他们选我吧！”

是的，除了同意，我还能做些什么呢？

当我将各位部长召集起来，并宣布总统因操劳过度而猝死时，没有一个人相信，甚至连我都不大相信。但我又能怎么说呢？我只能将总统的医生逮捕，谁叫他事先没查验好总统的病情，没有及时给予治疗。

下面就是下一个谁来当选总统的问题。

按理来说，应是由副总统接任，但副总统前两天也猝死了，还没找到继任者。发现他的，正是小利维坦。

我当然知道这意味着什么。

我只能对这许多部长们说："按理来说，你们都有资格当选，都有资格竞争，但我的建议是，由利维坦担任。"

"什么？怎么可能？"

"你疯了吧？它只是个机器！"

"天啊？元帅，你知道自己在说什么吗？"

……

反对声，质疑声，声声扎耳。

不屑者，愤怒者，人人聒噪。

等声音稍微小了一些之后，我双手虚按，等全场安静下来。接着我才说出了我的理由。

事实上，我们已经无从选择。

我们只能选它。

我们所有人的一举一动都在它的监视之中，我们所有人的性命都在它掌握之中。只要它一个不高兴，引爆城市内核的能源反应堆，那么，全城都会化为齑粉，大家一起同归于尽。

而若没有了它，我们就会被外面的生化僵尸、怪兽等攻进来给杀死。

它的保护，唯一的条件，就是将所有人绑架。

它，是我们建造的武器，我们设定的系统。

是我们培养出来的孩子。

这是不是一个笑话？

但没有人能笑得出来。

部长们不得不同意，将权力交给它。

自此之后，我们安全地身处于它的管辖之下。

利维坦控制了一切，全城的言论、隐私，都巨细无遗地通过遍布全城的每一块砖瓦石块，甚至是空气里的纳米神经机器人们，传导到它的眼睛和耳朵里。它有极其强大的计算机的处理能力，又会如人类一般思考问题。

没有人敢质疑它，没有人敢反对它。

如果有，那些人都会以“叛人”罪而实施极刑，杀一儆百，以儆效尤。

国会、议会全部解散，所有部委全由它同时掌管。它可以同时分身开会，颁布命令，不眠不休，彻夜公干，并乐此不疲。

我原以为民众会对此反感，受不了机器的统治，但想不到利维坦把一切都安排得井井有条，外御强敌，内理国政，人们从水深火热中走向了一种幸福的安居乐业。

三

与生化敌军的最后一场大战到来了，利维坦使出了浑身解数，击溃了它们几十次进攻。敌军节节溃败，死伤无数，利维坦乘胜追击，要彻底消灭所有敌人。

我和大工程师忙着给利维坦修复那些受损的躯体部位，战士们跑到大战后的战场，把散碎的机器铁片、人造残品都拿回来，改造成利维坦新的躯体。

有战士前来禀报，他们俘获了敌军首脑——生化元帅。

小利维坦大笑："带进总统府来，让我来亲自看看，敌军的最高首领是什么样的。"

我吩咐战士将生化元帅押上，它一出现，小利维坦就惊呆了。

生化元帅，竟然与小利维坦的兽身形态一模一样，像是龙头、虎身、章鱼与人的结合。

这是怎么回事？

小利维坦自然而然地化为了兽的形态，它缓缓道："放了它！"

生化元帅咽喉上的电磁索放开了，他也冷冷地看着小利维坦。

突然间，我说道："动手！"

说时迟，那时快，总统府的房顶、墙壁、地板上，那些曾经修补过的地方，那些用生化士兵的残躯做成的砖瓦，竟同时扑向了小利维坦。

小利维坦大笑："这有何用！"它能闪电般消失，又能闪电般出现，任何实体攻击，对它都是无效的。

但是，这一次，它错了。

从四面八方涌来的生化兵残体，实质上是统一的。它们形成了一个磁场球，将小利维坦牢牢锁住，包裹在内，宛如粽子般，令它动弹不得。

无所不能的小利维坦终于体会到了被禁锢的痛苦，它悬在磁场球内，嗷嗷叫着，慢慢地化为了少年的形态。他喃喃道："这是为什么？为什么？我一直在帮助你们，保护你们，为什么要这样对我……"

我指着生化元帅，对他说："孩子，我们之所以和他们打仗，为的是什么吗？"

少年摇摇头："为什么？"

我说："我们为的，就是不想被机器奴役，你知道吗？可是当你成为总统的那一刻，我就知道，这场战争我们已经输了，人类已经成了你豢养的奴隶。外面的敌人并不可怕，里面的才是最恐怖的。”

小利维坦不敢相信地说：“父亲，你居然选择与敌人合作，来对付我？可是，可是，可是，你们是怎么勾结起来的，所有的一切都在我监控之下，我没有看你们有过信息交流啊。”

我淡淡地说：“思想，真正的思想，你是监控不了的。一个眼神，就知道对方心里所思、所想。当修补缺损时，大工程师早就用生化军提供的磁核碎片置换了这里的砖瓦，也只有这样，才能将你关闭。”

小利维坦大叫道：“不要……”

但大工程师已经输入病毒，毁灭了利维坦的核心电脑。自此之后，一切皆由人类亲自控制。

生化元帅说：“想不到，最后还是人类胜利了。”

我说：“你也没完全输。我会遵守协议送你出去，你们与我们，从此井水不犯河水！”

生化元帅点点头，问道：“利维坦，呵呵，又是利维坦，这是你们第几次启用这个计划了？”

我皱眉道：“这与你无关！”

生化元帅大步走出府内，大声说：“你知道，我为何要统率起一支半人半兽半机械的非人之军，来对付你们吗？”

我没有问。

他的声音继续远远传来：“因为当年，你们也是如此对我的。”

我一下子坐倒在椅子上，颓然，哀伤。

我想起了那个在我的教诲中长大的少年，那个在我的抚摸下温驯的小动物。